KB166386

신인류의 탄생

늙어도 늙아지지 않는, 신인류의 탄생

허은순

현암사

일러두기

- 본문은 국립국어원 표준국어대사전의 한글맞춤법과 외래어표기법에 따랐으나, 두루 쓰이는 표현은 입말을 살리기 위해 일부 허용했습니다.

차례

인트로

그대들에게

새벽 4~5시면 눈을 뜬다. 눈을 뜰 때마다 오늘 하루를 허락받음에 감사하다. 내 안에 있는 풍성한 사랑을 나누어야 할 사람들을 한 사람 한 사람 떠올리며 기도한다. 패션 유튜버였던 나를 동기부여 동영상 크리에이터로 만들어준 그대들에게 고맙다. 어떻게든 살아보겠다고 발버둥 치는 내 모습이 누군가에게 힘이 되고 움직일 수 있는 자극이 된다면 오히려 내가 감사한 일이다. 자신의 이야기 같다고 울컥 눈물짓는 이들, 내 릴스를 보고 운동 시작한 이들, 새로운 시작을 준비하는 이들 모두 고맙다. 11년 만에 다시 책을 쓰게 하고 변함없이 나를 기다려준 현암사와 내 오랜 동지인 조미현 대표에게도 고맙다는 말을 전하고 싶다. 내 모자람이 쓸모 있어 다행이다.

끝나지 않을 것 같던 슬픔도, 벗어날 수 없을 것 같던 고통도, 영혼이 빠져나가는 것 같던 탄식과 애통함도 그대들의 인생을 끝장내지 못한다, 결코! 만약 그런 일로 인생이 끝난다고 하면 나는 지금, 이 순간 이 글을 쓸 수 없었을 거다. 눈물이 내 인생을 삼켜버렸던 지난날, 눈물이 나를 사람 되게 만들었지만 아픔이 남기는 흉터를 알기에 나는 사람들을 웃게 하고 싶다. 위로가 필요한 사람들이 너무나 많다. 잠시라도 안아주고 토닥여주고 싶다. 이 책은 그런 이들을 위해 썼다. 다시 행복이 찾아온다고, 나처럼 다시 일어설 수 있다고, 그러니 같이 가자고. 한순간이라도 내가 위로가 되고 힘이 된다면 계속 이 자리에 있겠다. 철들지 않겠다. 아이들을 만나면 아이처럼, 젊은이를 만나면 젊은이처럼 웃음으로 소통하겠다.

꿈을 향해 한 발 더 나갈 시간이 주어졌다. 나는 시간 여행자처럼 내 눈앞에 펼쳐지는 모든 것을 만끽한다. 일할 수 있어서, 꿈을 꿀 수 있어서, 먹고 살 수 있어서, 손 벌리지 않을 수 있어서 감사하다. 내가 내일 다시 눈을 뜬다면 가슴이 터질 듯이 기뻐하고 더 나아가 보겠다. 어제보다 나은 사람이 되어보겠다. 아무 쓰잘머리 없어 보여도 그대들의 일상이 기적이다.

또 다른 생명들이 만개하는 4월의 봄

허은순

○

내가 아는 허은순

엄마는 사람들을 끌어당기는 매력이 있다. 그 끌어당김에는 진심, 헌신이 늘 바탕에 존재한다. 타인을 향한 따듯한 마음에, 기질적으로 타고난 정확한 직관력과 판단력, 추진력이 더해져 본능적으로 직진부터 하고 본다. 모르는 길도 일단 앞으로 간다. 주특기는 맨땅에 헤딩하기. 여러 가지 따지지 않고 일단 한다. 엄마가 행동하는 용기는 여러 사람에게 울림을 주고 세상을 바꾸는 힘이 된다. 우리 엄마이기 이전에 한 사람으로서 내가 멋지다고 생각하는 부분이다.

엄마는 원조 'N잡러'다. 두 아들의 엄마, 작가, 커뮤니티 운영자, 도서관장, 아동심리전문가, 영어선생님, 사진가, 하우스 어드바이저, 강의자, 전시기획자, 패션디자이너, 브랜드 디렉터, 시니어 모델, 유튜버이자 인플루언서… (어릴 적부터 누군가 엄마는 뭐 하시는 분이냐 물어보면 뭐라고 대답해야 할지 꽤 곤란했었다). 뭐든 다 잘하는 이상한 엄마는 내가 어릴 적엔 동생과 나를 위해 책을 읽어주다가 동화책을 썼고, 사진을 찍기 시작하더니 세계적으로 권위가 있는 파리 포토에서 인정받고 왔다. 엄마는 어린이전문도서관을 운영하면서 북클럽을 만들었고 글쓰기 수업도 했다. 북클럽에는 흔히 동네에서 가장 '말 잘 안 듣는 아이들'이 점점 모이기 시작했는데, 이유인즉슨, 엄마를 만나면 신기하게 아이들이 마음을 열고 좋은 쪽(?)으로 바뀌기 시작해서

다. 엄마는 친환경적인 집도 지었는데 준비부터 과정, 결과를 네이버카페에 연재하더니 책으로 출간했고, 엄마가 기획한 'ND 프로젝트'는 서울시 건축 우수상까지 받았다. 예술 쪽으로는 타고난 엄마는 큐레이팅을 하거나 좋은 작가들을 발굴하고 지원하는 프로젝트를 많이 했다. 취미로 마시는 차에 관심을 두고 좋아하더니 나중에는 차를 감별하는 수준까지 도달했다. 엄마 덕분에 나는 성장하는 내내 좋은 책과 글과 사진을 자연스럽게 접하게 되었고, 건강한 밥상과 친환경적인 삶을 좋아하게 되었다.

엄마의 일상은 예술 그 자체다. 엄마의 예술 활동은 늘 사람들의 마음을 움직이고, 세상에 중요한 질문을 던진다. 내 인생에 가장 큰 영향을 준 엄마는 많은 것을 이뤄나가면서도 중심을 잃지 않았고, 삶에서 가장 중요한 것이 무엇인지 말과 행동으로 몸소 보여주는 멘토였다. 그동안 여러 분야를 넘나들며 많은 책을 썼지만, 삶의 큰 아픔을 이겨내고 일어선 뒤 오랜만에 쓰는 책인 만큼 기대된다. 엄마에 대한 강력한 믿음이 지금의 나를 있게 했다. 내 롤모델인 이상한 엄마가 우리 엄마여서 무한 감사하고 자랑스럽고 존경한다.

아들 전현성

1장

나이 듦은 '시듦'이 아니라 '피어남'

40에서 50으로 넘어갈 때
숫자 때문인지 왠지 뒤통수 당긴다.

그런데 알고 보면 그거 별거 아니다.
50이면 어떻고 60이면 어떤가?
나이에 지배당하지 말고
내가 있는 그 자리에서 일상을 살아가자.

이 세상과 이별할 때가 가까워지면
평범한 일상이 행복이고
나이 듦이 축복인 걸 알게 된다.

젊을 땐 젊음만 있었다.
아량도 없었고
배려도 없었고
지혜도 없었다.

조바심은 왜 그리 많았는지
불평불만은 왜 그리 끝이 없었는지
원망은 왜 그리 길었는지
미움은 왜 그리 멈추지 않았는지
행복했던 순간은 생각나지 않고
온통 불행했던 기억만이 날 사로잡았다.

50이 넘고 보니
조바심이 뭔지 잊어버렸고
불평 불만할 것이 하나도 없다.
미움이 끔찍했고
순간순간이 감사로 넘쳐난다.
느긋하니 아량이 생기고
아는 것을 실천하니 지혜로워진다.

미움이나 원망, 불평은
나를 절망에 빠뜨릴 뿐이었다.

50이 넘어 이런 것들을 알게 됐다면
60은 더 기대된다.
70은 어떨까?
80은 또 어떨까?

나이 먹는 일은 기대가 가득해지는 일이다.

요즘 지구인들의 취향이 많이 바뀌었다.

안드로메다에서 온 외계인에게 호감을 많이 가진다.

미운 오리새끼로 살던 내가

지구인들의 관심을 받는 건

세상이 달라진 덕분이다.

시대를 너무 앞서 지구에 착륙한 탓에

숨죽여 사느라 힘들었는데

요즘은 그렇지 않다.

외계어에 귀를 기울여주고

나와 같이 안드로메다로 기꺼이 가고자 한다.

장담하건데 나와 같이 비행하면 무지 재미있다.

나 혼자서 할 수 없는 일을

나보다 큰 곳이 힘을 보태면

더 큰 가치를 향해 날 수 있다.

앞으로 지구는 급변할 것이다.

평생 살던 방식이 앞으로도

유효할 거라 생각한다면

스스로가 고립될 것이다.

나보다 20여 년 늦게 지구에 온
친구[1]와 내가 소통할 수 있는 건
지구인의 방식대로 생각하지 않기 때문이다.
나이 먹었다고 대접받기를 바라는
지구인들은 이해 불가!

1일 1릴스를 200일 이상 했다.
꾸준함이 일상이 되기까지
나 자신을 다져온 시간들이
결국 안드로메다로의 세계를
지구인에게 보여줄 수 있는 기회로 이끌었다.

내게 주어진 기회를 값지게
필요한 사람들을 위해 쓰겠다.
나 혼자 해낼 수 없는 일을
같이 하라는 뜻으로 받겠다.
다른 사람들을 먼저 떠 먹여주는 안드로메다 방식이
모두가 살 수 있는 방식임을 알게 될 것이다.

1
더뉴그레이(THENEWGRAY) 대표 권정현, 30대다.

인생은

마 라 톤

나이 먹으면 다 어른일까?
마흔이면 불혹不惑이라 하여
흔들리지 않는 나이라 하고
60은 이순耳順, 귀가 순해지는 나이라 한다.

그런데 나이 들수록 더 잘 흔들리고
귀는 닫힌다.
닫히는 정도가 아니라
아예 꽉 막힌다.
남의 말을 더 안 듣고
자기 할 말만 하고 옹졸해진다.

애들하고 말도 안 통하고
변하지 않으려 한다.
요즘 젊은것들… 어쩌구 하면서
나무랄 줄만 알고
요즘 젊은이들이 무슨 말을 하려 하는지
들으려 하지 않는다.
그러니 꼰대가 되는 거다.

젊은이들이 기피 하는 어른이 되기 싫으면
부단히 노력해야 한다.

변화를 두려워하지 말고
생각도 젊게 하고
마음도 유연하게!

아무 노력하지 않고
나이만 먹는 건
어른이 되는 게 아니다.

어른으로 성장하고
어른으로 대접받으려면
젊은이를 보다 더 큰 고통을 짊어지고
부단히 노력해야 한다.

나의 경험이란 것은
우주의 티끌에 불과하다.

나이 들수록
경험이 많을수록
내가 아는 것이 정답이라고
착각하기 쉽고 속기도 쉽다.

그래서 섣불리 결론짓는 일은
삼가는 것이 지혜롭다.

내가 알았던 그 이상의 것을
발견해도 부끄럽지 않고
받아들일 수 있는 여력이 있어야 한다.

어느 분야를 막론하고
내가 아는 것 이상의 세계는 있을 수 있다.
내 눈과 귀를 닫아 놓으면
더 깊은 세계를 알 수 없다.

'그런 건 없다'고 말하기 전에
'나는 거기까지는 모른다'고 말할 수 있다면

나는 내 안에 갇히지 않고
내 눈은 그동안 보지 못했던
세상을 볼 수 있게 될 것이다.

그때 비로소 우주 티끌 같은
내 생각과 내 존재는
겸손해질 수 있을 것이다.

내 곁에 다가온 모든 것이
더욱 소중한 건
티끌만도 못한 내게
다른 세상을 열어주었기 때문이다.

내일 만나는 띠봉[2]이들에게
나는 또 다른 세상이 있음을 보여줄 것이다.

미지의 세계를 발견하는
기쁨을 함께 누릴 것이다.

2
내가 릴스에서 팬들을 부르는 명칭이다.

아이를 키울 때
좀 더 사랑으로 품어줘야 했다는 걸

자식에게 원망을 들을 때
내가 내 부모에게 그런 말을 했다는 걸

다투고 나서 화를 참지 못할 때
그 말도 해서는 안 될 말이었다는 걸

내가 잘한 줄 알았는데
상대가 날 봐준 것이었다는 걸

내 인생을 망치는 원수라 생각했는데
나 역시 그들의 인생을 망치고 있었다는 걸

용서치 않으리라 복수를 다짐했는데
복수는 내가 해서는 안 될 일이라는 걸

후회하며 머리를 쥐어뜯을 때
그 일이 나를 성장하게 하고 있다는 걸
나이가 들기 전에는 알지 못했던 일들이다.

나이 들수록 필요한 힘은
남들에게 치대지 않기.
나 심심하다고
여기저기 쑤시고 다니면서
이말 저말 내뱉으면
점점 고립되는 거다.

나이 먹어도 나사 풀고
마음 내려놓으면
서운할 것도
섭섭할 것도 없다.

내 마음이 충만하면
나눌 것이 많아지니
외롭지 않을 것이다.

연명 치료하지 마라

CPR(심폐소생술) 하지 마라.

산소호흡기 꼽지 마라.

의사가 회생 가능성 없다고

판단하면 아무것도 하지 마라.

이것이 비상시 나의 매뉴얼.

죽는 것은 자연스러운 것이다.

오늘 라이브 방송에서 나이 들수록

병원 가까이 살아야 한다는 것에 대해 내 의견을 물었다.

내 생각은 많이 다르다.

늙고 아프면 병원에서 죽을 생각을 한다.

그게 당연한 걸까?

나이 먹으면 젊을 때 같지 않겠지만

건강하게 늙을 수 있다.

몸을 망가뜨리는지 모르고

눈과 입을 즐겁게 하는 음식을 먹고

머리만 쓰고 몸은 쓰지 않으니

몸에는 각종 이상 신호가 온다.

성인병은 더 이상 나이를 가리지 않는다.

보험 들어놨다고 늙을 준비가 된 건 아니다.
내 몸과 마음을 돌보는 건
보험 드는 것보다 중요하다.

이제부터라도 먹는 것과 습관을 바꾸면
많은 것이 달라질 거다.
성인병은 습관병이다.
늙어도 좀 멋지게 늙자!

내가 아는 것이

전부가 아니다.

넘지 못할 것 같던 담을 뛰어넘다

나이 들면 우울해진다거나
두려움이 많아진다고 한다.
우울한 건 거울에 비친 내 모습이
예전 같지 않아서일 거다.

두려움이 많아지는 건
죽음에 대한 것도 있겠지만
돈벌이를 할 수 없다는 것이 더 클 거다.
모아둔 돈도 없고
이제부터 돈을 벌어야 하는 나도 마찬가지다.

나이 들면 새로운 일에 도전하기도 힘들다.
하지만 아무에게도 기댈 수 없는 나는
새로운 도전을 하기로 했다.
그래서 시작한 맞춤옷 브랜드가 '마리에 부띠끄'다.
먹고 살려고 시작한 일이
내 새로운 이력이 되었다.

궁지에 몰리는 게 꼭 나쁜 것만은 아니다.
막다른 골목에서 오도 가도 못할 때
넘지 못할 것 같던 담을 뛰어넘으니
전혀 다른 세상이 있다.

지금까지
보지
못했던
세상이다.

나이 들어도
새로운
도전
은
필요하다.

나이 물어봐서 뭐 하게?

우리 문화에서는 나이로 순서가 정해진다.
나는 나이를 묻지 않는다.
위아래 순서를 정할 필요를 못 느낀다.
그렇다고 나보다 나이 많은 분들께
무례하게 군다는 뜻이 아니다.

사람들을 만날 때
그 사람의 나이가 궁금한 게 아니라
나는 그 사람이 어떤 생각을 하는지가 궁금하다.

생각은 나이와 무관하다.
나이 먹어도 나이가 아까운 사람이 있고
나이 덜 먹었어도 그 나이가 믿기지 않는 사람이 있다.

나이를 묻고 순서를 정해서
내 위치를 확인하려 하지 말고
어떤 생각을 하고 있는지 귀 기울이자.

사람을 만날 때마다 배우고 또 배우게 될 것이다.

우리는 클럽하우스[3]에서 만났다.
그때 정현이는 시니어 문화를 바꾸고 싶어했다.
그런 까닭으로 중년의 나이로 유튜브를 운영하는
내게 관심이 있었고,
나는 젊은 친구가 시니어 문화에
관심이 있는 것이 기특했다.

정현이는 시니어에게 새로운 세상에 대해 말했다.
하지만 그 말을 알아듣는 사람은 없었다.
이 젊은 친구가 분명히 큰일을 낼 텐데
나이 든 세대는 이 친구가 가리키는 달은 보지 못하고
손가락만 쳐다보고 있었다.

나는 이 친구를 만날 때마다 젊은 피를 수혈받는다.
나는 이 친구가 하는 말이 가능하다는 걸 증명하려고 한다.
나이가 무슨 상관인가?
세대를 넘어 소통할 수 있다면
나는 정현이뿐 아니라 누구의 친구도 될 수 있다.

3
음성 기반 소셜미디어 플랫폼인 클럽하우스는 초대를 받아야만 가입할 수 있는 폐쇄적인 공간이다. 각계에서 내로라 하는 사람들이 이용하면서 크게 붐을 일으켰다.

똥구멍은 무슨 죄냐?

나이를 똥구멍으로 먹었냐?
나잇값 못한다는 욕을 할 때 이런 말 한다.
오죽했으면 똥구멍이 이 수치를 뒤집어쓰겠냐만
나이 먹었다고 안하무인인 경우가 얼마나 많은지.

나이 먹었다고 앉아서 대접받으려 하지 말고
내가 해줄 수 있는 게 뭔지 먼저 생각해보자.
젊은 세대는 어른들의 그런 모습에서
겸손과 배려를 배울 것이다.

목소리 높여 말로 상대를 굴복시키려 하지 말고
센스 있는 농담으로 분위기를 살려주면
젊은 세대는 어른들에게서
연륜과 아량을 배울 것이다.

나이 좀 먹었다고
천지 분간 못 하는 소리 늘어놓고
수치스러움을 알지 못하면
괜히 똥구멍만 욕을 뒤집어쓴다.

사랑한다!
누군가에게 이 말을 하지 못하고 있다면
더 늦기 전에 다시 볼 수 없는 날이 오기 전에
사랑한다고 말하라.

고맙다!
그 어느 것보다도 존재 자체가 고마운 것을
사람들이 잊기 전에 고맙다고 말하라.

미안하다!
그깟 자존심 때문에 말하지 못했다면
상처가 더 커지기 전에 미안하다 말하라.

죽지 마라!
어떤 상황이라도 모든 걸 다 잃어도 괜찮다.
뻔뻔한 거 아니다.
그 어떤 비난도 부족함이나 잘못도
생명의 가치를 허물 수 없다.

시간이 허락할 때 말해주자.
함께여서 고맙다고.

부디 모두 무조건 버텨다오!

모든 사람은 한 번 만나면 헤어진다.
만남은 헤어짐으로 끝이 난다.

수많은 사람과 만나고 헤어지는데
만남은 쉬운데 헤어짐은 어렵다.
사랑할수록 그렇다.

하지만 헤어질 준비를 해야 할 때가 있다.
사랑하는 사람이 죽음 앞에 있을 때
우리는 헤어질 준비가 되어 있지 않은 상태에서
그것이 너무나 갑자기 찾아오면

보내야 하는 사람과 떠나야 하는 사람
둘 중에서 더 고통스러운 건
떠나야 하는 사람일 거다.

보내야 하는 사람이 헤어질 준비가 되어 있지 않다면
떠나야 하는 사람의 마음은 너무 아프다.

보내야만 한다면 눈물을 감추자.
내 눈물이 떠나는 사람의 마음을 짓눌러
떠나야 하는 길이 고통스럽지 않도록

나는 괜찮다고
아무 걱정하지 말라고
자꾸 말해주자.

헤어질 준비는
눈물을 감추고 웃음 짓는 것부터 시작이다.

남편은 췌장암 말기로
3개월 시한부 선고를 받았다.

담당 의사는 치료 방법에 대해 자세히 얘기했다.
남편은 의사에게 물었다.
“내가 그리 머리가 나쁜 사람이 아닙니다.
정확하게 말씀해주세요.
그 치료는 완치가 목적입니까?
아니면 연명이 목적입니까?”

담당의는 한동안 대답하지 못했다.
남편이 재차 물었다.
“완치를 위한 치료인가요?
연명을 위한 치료인가요?”
담당의가 어렵사리 입을 뗐다.
“연명 치료입니다.”

“잘 알겠습니다.
그렇다면 저는 치료받을 필요가 없습니다.
하루를 더 살든, 한 달을 더 살든
그건 내게 의미가 없으니 퇴원하겠습니다.”

그러고는 내게 퇴원 준비를 하라고 했다.
나도 망설임 없이 짐을 쌌다.
평소 우리가 늘 말했던 대로
만약 우리에게 죽음이 얼마 남지 않는
그런 날이 온다면
결코 연명 치료를 하지 말자던 그 말대로
연명 치료를 거부하고 병원을 나왔다.

나는 연명 치료를 거부하는 남편을 보며
결코 죽지 않을 거라 믿었다.

퇴원 준비하는 우리를 보고 간호사가 물었다.
“언제 다시 오실 거예요?”
“석 달만 여행하고 올게요.”

병원에서 선고한 시한부 인생 석 달은
우리에게 처음 주어진 휴가였다.

남편은 점점 걷는 것이 힘들어질 때도
자기 발로 걸었다.

잠시 내가 자리를 비운 사이
혼자 걷다가 넘어져 머리를 땅에 부딪혔다.

화들짝 놀란 나를 보며 하는 말
"죽을 뻔했네."

그 말이 내 마음을 후벼팠다.
꺼져 가는 생명도
얼마나 남았을지 모를 생명도
살고자 하는 본능은 어쩔 수 없다.

오늘내일 하는 사람이
죽음의 그림자가 문턱까지 와 있는데
"죽을 뻔했네"라고 말하다니.

웃어야 할지 울어야 할지 몰라
한참을 생각했다.

나는 그날 남편의 표정을
그 눈동자를 생생히 기억한다.

"나 가고 나면 당신 혼자 감당하기 힘들 텐데…"
나를 바라보는 그 눈동자는
물가에 있는 어린아이를 보는 눈동자였다.
측은하고 안쓰러워 애통해하는 눈동자였다.
아무 말없이 한참을 보더니 눈을 감고 잠이 들었다.

나는 남편이 떠나고 나면
일어날 일들이 눈에 훤히 보였다.
그러나 나는 하나도 두렵지 않았다.
남편과 사는 동안 나는 전사가 되었던가.
잠든 남편을 보며 다짐했다.
당신이 걱정하는 일은 일어나지 않을 거라고,
내가 그렇게 할 거라 다짐했다.

'아무 걱정하지 마.'
나는 잠든 남편을 보며
말하고 말하고 또 말했다.

나는 남편의 상태를 언제나 살펴야 했다.
내가 없을 때 갑자기 숨을 거두면 어쩌나 두려웠다.
어떤 날은 남편이 곤히 잠이 들었기에
침대 밑에서 쭈그리고 앉은 채 잠이 들었다.

“은순아!”
남편이 나를 부르는 소리에 눈을 떴다.
남편은 방문 틀을 양팔로 버틴 채
거실을 향해 나를 부르고 있었다.

나는 남편의 뒷모습을 보면서
엄마를 애타게 찾는 어린아이의 모습을 보았다.
“나 여기 있어.”
남편은 뒤돌아서 나를 보더니 안도의 한숨을 내쉬었다.
“내가 도망갔을까 봐? 나 아무 데도 안 가. 걱정하지 마.”

엄마가 눈에 보이지 않을 때
두려움에 떨며 엄마를 찾는 아이의 모습.
남편은 아이가 되어 있었다.

그날 밤은 유난히 바람이 불었다.
남편이 베란다 창을 다 열어 달라 했다.
폭풍이 우리를 휘감아 날려버릴 만한 바람이 들어왔다.
하늘이 울부짖는 소리가 들렸다.
나무가 흔들리고 숲이 아우성치며
비바람이 몰아치는 소리가 파도가 덮치는 것 같이
감당하기 힘든 공포를 밀고 왔다.

"여보, 나무 냄새가 너무나 향기로워."
베란다 쪽에 머리를 두고 누워서
더 바람 가까이 얼굴을 돌리며 말했다
"이리 와서 냄새를 맡아봐."
비와 흙과 나무 냄새가 바람에 섞여 방 안을 가득 채웠다.
"여보, 너무나 아름답잖아. 밖을 봐."

나에게는 공포스럽고 무섭기만 한 그 밤이
남편에게는 어떻게 아름답게 느껴질 수 있을까?
우리는 같은 시간 같은 장소에 있었지만
우리의 감정은 극과 극이었다.
그때까지는 알지 못했다.
남편과 나의 마지막 날이란 걸.

큰아들과 나는 남편을 사이에 두고 누웠다.
우리는 잠을 청했다.
남편의 몸이 차가웠다.
아들과 나는 남편을 끌어안았다.
남편 손이 얼음장같이 차가웠다.
그 손을 녹여주고 싶어 내 겨드랑이에 넣었다.
할 수 있으면 따뜻한 내 피를
남편의 핏줄 안으로 흐르게 하고 싶었다.
남편 손은 따뜻해지지 않았다.

곧이어 숨소리가 달라지기 시작했다.
"그르렁 그르렁 끙끙."
큰 짐승이 겨우겨우 숨을 쉬는 것 같은 소리였다.
"현성아, 불 켜봐. 아빠 숨소리가 이상해."
불을 켰을 때,
미라같이 말라 있던 남편 얼굴은 부어 있었다.

코 밑으로 손가락을 대보니 콧바람이 나오지 않았다.
턱끝밑 동맥에 손가락을 대보고 맥박이 뛰는지 확인했다.
가슴에 귀를 대보았다.
심장이 더 이상 뛰지 않았다.
119에 전화했다.

"남편이 숨을 쉬지 않아요."

119는 전화로 심폐소생술을 알려줬고,
아들은 119의 안내대로 아빠의 심장을
다시 뛰게 하려 사력을 다했다.
하지만 나는 알았다.
골든타임은 5분이란 걸.
우리가 있는 곳으로 구급차가 오기까지 20분.
다시 응급실까지 가는 데 20분.

남편은 많은 사람의 임종을 지켜준 사람이었다.
임종을 자주 지켜봤던 남편이
내게 차근차근 알려준 말들이 떠올랐다.

그 일이 내 눈앞에 일어나고 있었다.

사랑한다!
더 늦기 전에
다시 볼 수 없는 날이
오기 전에
사랑한다고 말하라.

이제 나는 해방이다

나를 억누르는 시선도 없고

내 의지와는 상관없이 나를 고통 속에 몰아 넣는

상황에서도 벗어났다.

맹수들이 으르렁거리는 위협도 더 이상 없다.

내가 무슨 옷을 입든지 말든지

내가 무슨 말을 하든지 말든지

내게 신경 쓸 사람은 이제 아무도 없다.

여기서 나를 아는 사람은 아무도 없다.

칠흑 같은 어둠 속에 숨을 내쉰다.

완벽하게 혼자다.

나는 이제 해방이다.

세상 사람들의 아우성이
쓰나미처럼 나를 덮친다.

천둥 번개 치는 것 같은 큰소리
지진이 난 것같이 온몸이 흔들리고
벼락이 나를 내리치는 것같이
두려움이 나를 짓누른다.

몸을 웅크리고
두 귀를 막아도
소리는 잦아들지 않는다.
숨을 쉴 수 없다.

내 몸은 화석처럼 굳어버린다.
손끝부터 저려오기 시작한다.
내 몸속 피가 전부 굳어버린다.

공황발작은 그 어떤 예고도 없이
나를 망가뜨린다.

오늘이 이 집에서 마지막 밤이다.
8년 만에 짐을 싼다.
내 인생 한 집에서 가장 오래 산
정든 집을 떠난다.

8년 전 여기로 올 때 나는 세상과 단절하고
아무도 나를 아는 이 없는 이곳에서
일개 촌부로 조용히 살겠다 다짐했다.

많은 사람이 나를 걱정했다.
그들의 눈물을 뒤로하고
기억에서 잊히길 원했다.

내 평생 처음 홀로 남겨졌던
이 집에서의 첫날 밤
난 그 밤을 잊지 못한다.

적막하고 칠흑 같은 어둠이
나를 삼키는 것 같았다.
다 끝난 일이라고 죽은 듯이 살라 했다.
그때, 이런 날이 올 줄 몰랐다.

어둠은 나를 삼키지 못했고
결국 나를 토해냈다.
내가 단절했던 세상은
8년 동안 완전히 변해 있었다.
나도 그때의 내가 아니다.
이제 나는 새로운 곳에서
모든 활동을 다시 시작할 것이다.

나를 품어준 이 집에서
일어난 모든 일들이
감사였고 감격이었다.

이 밤이 지나면
나는 눈부신 세상으로 나아가겠다.
나는 그곳에서 못다 한 일을 다시 하며
새 이야기를 써나가겠다.

인생… 참 모를 일이다.
그러니 목숨이 붙어 있는 한
살아내야 하는 것이다.

인생... 참 모를 일이다.

내가 바느질을 시작한 건
공포와 불안에 시달릴 때였다.

바느질을 잊고 있다가
시골로 내려가서 다시
바늘을 잡았다.

낡은 청바지를 자르고 꿰매서
가방을 만들었다.
내 맘 내키는 대로 잘라 만들어서
나처럼 자유롭게 생겼다.

보잘것없이 보이지만
개성을 억누를 수 없는
존재감 확실한 모양이다.

사람들 시선에 주눅 들지 말라고
'누가 너더러 뭐래?'라고
가방 제목을 지어줬다.

그때 나는 내 인생에서
가장 어두운 암흑의 시기였다.

그러나 언젠가 내 인생이

다시 빛나기를 바라는 마음에

폭죽이 터지는 듯한 안감을 넣고

'인생은 언제나 빵빠레'라고

바느질하며 스스로 위로했다.

결코 무너지지 말아라.

빵빠레 울릴 날이 올 것이니!

세상과 나를 떼어놓아야 했다.
나는 할 수만 있다면
흔적도 없이 사라지고 싶었다.
그럴 수 없다는 걸 알았다.

나를 아는 사람이 아무도 없는 곳으로 숨기로 했다.
나는 너무 많은 걸 참고 살았다.
그래야 되는 줄 알았다.
모든 걸 멈추고 버려두고 꼭꼭 숨었다.

날마다 지쳐 쓰러지도록 몸을 움직였다.
땀 흘려 일하는 동안은 공황장애 발작이 일어나지 않았다.

만약
새들이 노래해주지 않았더라면
꽃들이 웃어주지 않았더라면
사람들이 나를 위해
기도해주지 않았더라면
나는 다시 일어서지 못했을 것이다.

이젠 내가 돌려줄 차례다.

내 거인 듯 내 거 아닌

내게 재능이 주어졌다면 그건 내 것이 아닐 것이다.
이 재능이 필요한 곳에 쓰라는 것으로 믿는다.

한때는 나 잘난 맛에 천지분간 못 하고 까불었다.
때로는 욕심이 화를 불렀다.
내 능력을 증명해 보이겠다는 오기에 끝까지 가보자 했다.
증명하면 할수록 나는 내 능력인 줄 착각했다.

번아웃된 후 나는 별 볼 일 없는 사람이 되었다.
내 재능은 먹고 사는 데는 아무짝에도 쓸모없었다.

아직도 재능이 남아 있다면 그건 더 이상 내 것이 아니다.
내게 맡기신 재능으로 내 도움이 필요한 사람들을
돕겠다고 결심했다.

그런데 정말 이상한 일이다.
누구를 도울 수 있을까? 생각만 했는데
오히려 내가 도움을 받는다.
그렇다면 좋다!
이렇게 어려운 때 서로 도와보면 어떨까?

내가 할 수 있는 일이 뭔지 찾아보겠다.

나는 이미 얼굴도 다 팔렸고
더 팔린다 해서 쫄 것도 없다.
맨땅에 헤딩이 체질이고
하도 얻어터져서 맷집도 좋아졌다.

그러니 기꺼이 내 도움이
필요한 곳에 내 재능을, 내 시간을 쓰겠다.
이 어려운 시기에 서로 뭐라도 돕다 보면
없던 길도 열릴 것이다.

남편은 항상 내게 말했다.
내가 받은 만큼 돌려주기만 해도 성공한 거라고.
나도 그렇게 살기로 했다.

마음먹어도 용기 내는 건 쉽지 않았다.
하지만 난 약속을 지킬 거다.
감사한 분들을 우리 집으로 초대했다.

부리나케 집을 정리하고 방앗간에 떡을 맞췄다.
잠자고 있던 그릇들을 꺼내 상을 차렸다.
특별한 시간을 만들어 드리고 싶었다.

이렇게 어려울 때는 서로 도우면 길이 열릴 거다.
남을 잘되게 해야 나도 잘될 수 있다.
진정성이 통할 때 모두가 회복될 수 있다.

믿음은 믿음을 부르고
사랑은 사랑을 부른다.
내가 받은 사랑을 흘려보낼 것이다.
그 사랑은 다른 사랑을 향하여
더 많은 이에게 흐를 것이다.

차도녀 같은 이미지라는 말을 자주 듣는다.
겉모습은 그렇다.

학창 시절 어느 선생님이
40 이후의 얼굴은 자기가 책임지는 거라 했다.
나는 그 말이 잊히지 않는다.
어떻게 살아왔는지 얼굴에 나타난다는 말일 거다.

10년 전 나를 봤던 사람들은 나를 알아보지 못한다.
너무 많이 변한 탓이다.
스트레스가 많았던 시절에는 웃을 일이 많지 않았다.
무표정한 얼굴에 입꼬리는 처져 있었다.

나 자신을 돌보기 시작하며
거울 속에 있는 나에게 웃어주었다.
너는 예쁘다 소중하다 웃으면서 말해줬다.
거울을 보고 혼자 웃는 내가 우스워서 또 웃었다.

꽃을 보고 웃고
나무를 보고 웃고
새가 울면 새소리를 따라 웃고
눈이 오면 눈밭에 뒹굴며 크게 웃었다.

그런 내가 웃겨서 또 웃었다.

자꾸 웃다 보니
웃지 못할 상황에서도
웃을 수 있게 되었다.
웃으면 웃을 일이 자꾸 생긴다.

웃는 것도 연습이 필요하다.

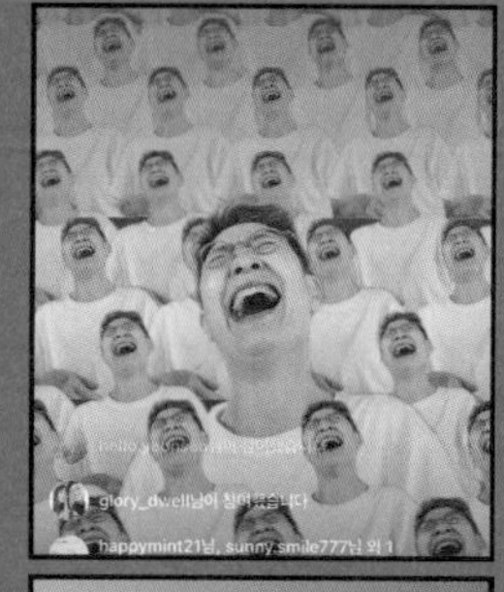

웃는 것도

연습이 필요하다.

우리 나이가 그런 나이야,
나이 먹으면 다 그런 거야.
우리 나이가 어떤 나인데?
나이 먹으면 뭐가 다 그런데?

깜박깜박하는 것도 나이 탓.
굼뜬 것도 나이 탓.
천만의 말씀 만만의 콩떡.
깜빡깜빡하는 건 스트레스와 더 관련이 깊고
굼뜬 것은 습관이다.

나이 들어 그렇다는
말 뒤에 숨으면 뭐가 좋은데?
나이 들수록 아는 게 얼마나 많아지는데!
평생 축적된 경험으로 얼마나 지혜로워지는데!
어리석고 아둔했던 나도 가르쳐줄 수 있는 게 생기는데!
나이 탓하는 건 못난 일이다.

나이 먹어도 더 건강할 수 있고
더 아름다울 수 있다.

나이가 문제가 아니라 생각이 문제다.

아는 것만 고집하려는 생각.

모르는 건 받아들이지 않는 게으름에 갇혀 있다면
지금 이 순간 외쳐보자!

나이 듦은 개꿀이다!
더 크게 외쳐보자.
이제부터 꿀맛이다!

나이 드는 것이 무섭지 않다.

한발 더 나아가 나이 먹는 걸 즐기게 된다.

몸도 마음도 건강해진다.

정신연령은 유딩으로

몸 건강은 30대가 된다.

겁을 상실하게 된다.

저 멀리 배 밖에 나가 있는

내 간을 보게 될 것이다.

사는 게 즐거워질 것이다.

외로움과 두려움 따위는 개나 줘 버리자.

나이 들어
그 렇 다 는
말 뒤에 숨으면
뭐가
좋은데?

내가 아는 허은순

"모든 날 중 완전히 잃어버린 날은 한 번도 웃지 않은 날이다." 우리는 하루에 얼마나 웃으며 살아갈까. 니콜라스 세바스티안의 말마따나 우리 대부분은 어쩌면 소중한 하루하루를 완전히 잃어버린 채 살아가는지도 모른다. 내가 허은순 작가를 알게 된 건 우연한 계기였다. 인스타그램 추천 릴스로 뜬 그의 영상은 신선한 충격이었다. 입담 좋은 중년 여성이 아닌 그간 못 보던 유형의 사람이었다. 나는 그에 대해 아는 것도 없고 그의 속사정도 모르지만, 영상으로나마 보이는 그의 일상은 웃음을 잃어버리기는커녕 고이 간직되어 있었다. 유쾌하게 활짝 웃는 그의 모습에서 나이와 무관한 생에 대한 애정과 힘이 느껴졌다.

최근 조사된 5060들의 '은퇴' 관련 연관어에 '취업', '일자리', '경쟁'이 새로이 등장했다. 반면 사라진 연관어는 '여생'이다. 60대면 여전히 40여 년을 더 '계획'해야 하고 여생으로 치부하기에는 꽤 긴 시간을 살아야 하는 시대가 되었다. 긴 세월을 어떻게 사는 것이 바람직한지에 대한 고민도 연구도 없었다.

허은순의 일상에서 갑자기 생긴 여생 40년을 미리 계획하고 준비하는 지혜를 발견했다. 모두가 은퇴를 준비할 나이에 그는 사회구성원이자 생산자로, 접점이 없는 사람들을 한데 모아 연결하고 주축이 되어 또 다른 시장을 만들어가고 있다. 저 먼 거제도와 통영에서도 그의 한마디에 감응해서 올라오고 그를 보며 울고 안긴다. 이것은 그간 내가 보지 못한 새로운 힘이다. 그를 보며 나는 한국의 미래가 그리 어둡지만은 않다고 생각한다. 나이 듦은 이제껏 보지 못한 신인류를 계속해서 생산해낼 것이고 이제 우리는 즐기는 일만 남았다.

SK스토아 대표 박정민

2장

신인류가 온다

지금까지
살아보지
않았던

세상이 온다.

그 안으로
뛰어들
것이다.

신인류가 온다.

은퇴를 해도 새로운 일에 도전하는 사람.

AI가 발달해도

일자리를 뺏겼다고 절망하는 것이 아니라

오히려 독보적인 존재감을 드러내는 사람.

나이 들었어도 자식들에게 기대지 않고

자기 결정권을가지고 있는 사람.

머리 희어져도

원의독백[1]처럼 창의력 넘치는 사람.

핸드폰으로 화상통화를 넘어 영화를 찍는 사람.

제 머리만 믿지 않고 협력의 힘을 믿는 사람.

새로운 세상이 펼쳐질 때 두려워하지 않고

새로운 삶의 방식을 제시할 수 있는 사람.

고독할 줄도 알고 함께 있을 줄도 아는 사람.

1
유튜버. 매우 독창적인 영상으로 유튜브에 혜성같이 나타났다.
마케팅과 브랜딩을 연습하려고 유튜브를 시작했다고 한다.
영상만 독특한 것이 아니라 강렬하여 골수팬들이 많다.

늙어도 낡아지지 않는

신인류가 온다.

'왕년에 내가 어땠고'를 말하지 않고
'앞으로 나는 어떻게'를 말하는 어른.
'내가 너만 할 땐'이라고 뻥치지 않고
'내가 너라면'이라고 공감하는 어른.
소파에 누워 TV 리모컨 누르다 잠들지 않고
좋은 글귀 따라 쓰기라도 해보는 어른.

나 알아주지 않는다고 나 알아달라고
사람들에게 큰소리치고 호통치면
사탕 달라고 떼쓰는 아이랑 무엇이 다른가?

날 알아주지 않아도
내가 나를 먼저 알아야 할 것이고
날 알아달라고 하지 않아도
내 안에 알아줄 만한 것이 있으면
자연스럽게 사람들이 귀 기울일 텐데
목소리는 자꾸 커지고, 화만 늘어나니
꼰대들은 점점 고립된다.

신인류가 온다.
모두가 안 된다고 할 때
되는 방법을 찾는 사람.

모두가 성공을 지향할 때
가족의 행복을 먼저 생각하는 사람.

모두 다 같은 길로 갈 때
거꾸로 가야 재밌다고 말하는 사람.
모두가 돈 많이 버는 법을 가르칠 때
돈 잘 쓰는 법을 가르치는 사람.

많이 팔아 많이 버는 것보다
사람도 유익하게 하고
나도 굶지 않는 방법을 연구하는 사람.

신인류가 온다.
맛있는 걸 많이 먹는 것보다
맛없는 맛을 즐길 줄 아는 사람.
혀를 즐겁게 하는 음식보다
장을 즐겁게 하는 음식을 찾는 사람.

일회용 플라스틱 컵에 커피를 들고 마시기보다
도자기 찻잔에 차를 우려 마시는 사람.
돈이 없어서 여유가 없는 것이 아니라
우선순위를 따져서 여유 있게 생각할 줄 아는 사람.

돈을 벌기 위해서 일한다 해도
사람을 해치며 버는 돈은
단번에 거절할 줄 아는 사람.

늙으면 병드는 게
당연하다고 생각하지 않는 사람.
병원과 약에 의존하지 않고
몸에 대해 공부하고
예방할 줄 아는 사람.

먹을 것과 먹어서는 안 될 것을
가릴 줄 아는 사람.
내가 먹지 않는 것은
다른 사람에게도 권하지 않는 사람.
일회용 컵에 담긴 커피 대신
도자기 잔에 차를 마시는 사람.

밥 먹고 할 일 없어도
뒷담화 안 하는 사람.
나불나불 입만 놀리지 않고
몸으로 증명하는 사람.

남이 나보다 잘나갈 때
질투하고 비난하는 대신
이유를 분석할 줄 아는 사람.

미안할 때 미안하다
고마울 때 고맙다
말할 줄 아는 사람.

자기 뜻대로 안 된다고
억지나 똥고집 부리지 않고
서운해하지 않는 사람.
내가 편하면 누군가 내 몫까지
더 일한 사람이 있는 걸 알고 감사하는 사람.
무게 잡고 있으면 권위가 서는 줄
착각하지 않는 사람.

나이 먹었다고
대접만 받으려 하거나
뒤로 물러서지 않는 사람.

가방끈 길이와 상관없이
끊임없이 배우는 사람.

AI보다 신인류가
더 주목받을 세상.

자신의 색깔을 드러내는 사람
다른 사람의 색깔과
조화를 이룰 수 있는 사람.

자신의 직업이 무엇이든
자부심 가득 자신감 가득
거기에 애정까지 담는 사람.

'나이 먹으면'이라는 말로 변명하지 않고
'나이 먹어도'라는 말로
책임지려 노력하는 사람.
'나이 듦'이 시듦이 아니라
피어남으로 살아가는 사람.

나에 대한 이해가 없는 사람을
이해할 수 있는 사람.
내가 알지 못하는 것에 대해
함부로 말하지 않는 사람.
내 취향을 정답으로
착각하지 않는 사람.

가지지 못해도 볼 수 있고 즐길 줄 아는

안목을 키우는 사람.

1일 1릴스가 삼시세끼보다
더 좋은 사람.
밥때는 까먹어도
댓글은 안 까먹는 사람.
나는 신인류 허은순이다.

늙어도
낡아지지 않는

신인류가
온다.

BMW 생산라인에 인간형 로봇이 투입된다는 소식이
파장이 크다.
생성형 AI와 결합된 로봇이 우리에게 주는 두려움도 크다.
AI가 대체하지 못할 분야가 과연 있을까?
나는 오히려 지금이야말로 돈 없고 빽 없는 사람이
살 기회라고 생각한다.

사람이 기계처럼 일해야 했던
시대가 저물어가고 있는 거다.
인류는 늘 새로운 문명을 탄생시켰고
그 문명은 또 다른 시대를 열었다.
새로운 시대가 열릴 때마다 인류도 더욱 발전했다.
로봇이 인류 역사를 뒤집어 놓을 이 시대에 걸맞은 인류,
신인류의 시대가 올 것이다.

인간다움이 더 절실해질 것이고
사람의 손길도 더 귀해질 거다.
젊은 세대에게 귀 기울여 듣고,
젊은 세대가 귀 기울일 수 있는
지혜로운 어른의 역할도 더 필요해질 거다.
신인류는 나이와 상관없이 새로운 직업,
새로운 영역에서 필요한 사람이 될 것이다.

로봇이 '짐작'할 수 있게 되어
스스로 학습하고 발전한다면
경쟁에 내몰렸던 인간은 지혜를 모으고 협력하는
인간 본연의 능력이 더 살아나
인류의 미래를 끌어나갈
신인류로 더욱 성장할 거다.

신인류의 사고 중심에는 반드시 인간에 대한
깊은 사랑이 더욱 간절해질 것이다.
위기의 시대가 두렵지만은 않은 까닭이다.

머리 자를 땐
이렇게 저렇게 해달라는 주문하지 않는다.
디자이너가 하고 싶은 대로 하게 한다.
나한테 어울린다면 어떤 머리든 수용한다.
그래야 새로운 나의 모습을 볼 수 있기 때문이다.

내가 보는 나의 모습과
제3자가 보는 모습은 사뭇 다르다.
다른 사람의 시선을 통해
내가 몰랐던 내 모습을 발견하는 즐거움이 있다.

머리 자르는 것도, 머리 망치는 것도
두려워할 필요 없다.
망치면 다음에 안 하면 되고
너무 짧으면 기르면 된다.
머리는 죽을 때까지 자란다.
똑같은 머리 모양만 고집할 이유 없다.

머리카락은 유일하게
죽을 때까지 반복되는 기회다.
실패해도 원상 복구가 가능하다.
세상에 이런 기회는 없다.

잘돼도
잘되지 않아도 괜찮다.
잘되면 잘돼서 좋은 거고
잘 안되면 잘 안돼서
좋은 이유가 있을 거다.

덕후가 주목받는 세상이다.
자기가 좋아하는 것에
푹 빠져 있는 사람.

누가 가르쳐주지 않아도
스스로 터득하고 공부하고
취미가 생업이 되는 사람.
나 같은 사람?

학교는 내가 배우고 싶은 건
가르쳐주지 않았다.
내가 알고 싶은 건
내가 알아서 찾아봐야 했다.

요즘 말로 자기주도적 학습에
최적화된 인간형이다.
그러다 보니 참 별나다.

덕후는 뭐가 달라도 다르다.
시켜서 되는 일도 아니다.

잠실에서 안경원을 하는 오명석은 덕후다.

친절을 넘어 열정도 넘어
본질로 손님을 대하는 덕후.

덕후는 피곤하다.
적당히 하는 건 못 참는다.
다른 사람은 괜찮다 해도
스스로 만족하지 않으면
용납하지 않는다.

나는 이런 젊은이들이
잘되어야 한다고 생각한다.
이런 청년들이 있을 때
가치 있는 일에 뛰어드는
용기를 배울 수 있다.

어려서부터 자기 길을 탐색하도록
어른들이 지켜봐줘야 한다.
그래야 스스로 살아간다.

다른 사람의
시선을 통해

내가
몰랐던
내 모습을
발견하는

즐거움

첫째 아들은 내 말을 잘 안 듣고
나는 아들 말을 잘 안 듣는다.
말 잘 듣는 건 로봇이다.

서로 인간임을 증명하느라
서로 드럽게 말 안 듣는데
이번에는 말을 듣기로 했다.
충전이 필요하기 때문이다.

큰 애는 끊임없이 나를 볶는다.
유튜브 하라고 1년을 볶았고
클럽하우스 하라고 볶고
이제는 시스템 정비하라고 들들들들 볶는다.

나는 또라이라서 나 하고 싶은 대로 하는데
정리 마왕인 아들한테 제대로 걸렸다.

인스타에서는 온갖 멋진 척
변화무쌍한 척하지만
나도 새 기술 배우는 거 귀찮다.

큰애는 신인류 엄마를 더욱 신인류로

발전시키려고 혹독하게 훈련시킨다.
더 이상 도망갈 수도 없다.

이래 봬도 왕년 얼리어답터
한국 100대 홈피 운영자였고
html 소스로 홈피 관리하던 능력자였는데
그 머리는 다 어디로 갔는지….

아이들 가르쳐놨더니
시대가 역전돼서
이제는 내가 배워야 한다.
어려운 건 다 애들 시키고
나 좋아하는 것만 하는
또라이로 살려고 했는데
아들에게 훈련받게 됐다.

어디 두고 보자!
내가 해내고 말 거다.

사람들이 내가 혼자 산다는 걸 모를 줄 알았다.
이렇게 일상을 다 공개해 놓고 모를 거라고 생각하다니
바보 아냐?

엄마가 바보라서 장남이 여간 고생이 아니다.
우리 집에서는 아들이 엄마를 가르친다.
엄마는 그렇게 남들 다 퍼주면 늙어서 어떡하려고 그러냐
엄마는 이용당하기 쉬운 사람이다
딱 사기 각이다 등등….

나는 아들에게 응수한다.
이용해도 괜찮다.
알아도 모른 척 속아주는 거다.
의외로 사기 안 당한다.

뭘 가진 게 있어야 털어 먹지,
내가 털릴 돈이 있냐 뭐가 있냐.
어쨌거나 없는 사람들은 서로 도우면 살 길이 열린다.
나 하나 잘한다고 잘될 수 없는 세상이라고 반박한다.

남 돕고자 하는 마음은 알겠으나
일단 엄마 노후도 생각하라고

엄마는 생각이 없는 게 문제라고
아들은 가차 없이 내 주제를 일깨워준다.

내 친구 정현이는
내 장점이 바로 '생각 없음'이라 했는데
아들 눈에는 그것이 치명적인 단점으로 보인다.

나의 장점은 곧 나의 단점 맞다!
나는 인정이 빠르다.
하기 싫어도 할 건 하라는
아드님 말씀 잘 새겨듣겠다.
(듣기만 했다. 영혼 없이.)

사람들이 헷갈린다고 한다.
인스타 사진 속 내 모습과
릴스의 내 모습은 딴판.

손에 물 한 방울 안 묻힐 것처럼
보이는데 삽질을 하고
터프하고 와일드한데
조신하게 차를 마신다?
보이쉬해 보이는데
목소리는 소녀소녀하단다.

더 이상 내 정체를 숨길 수가 없다.
아수라 백작은 두 얼굴이지만
나는 두 얼굴로는 부족하다.

사실 나는 다중이다.
내 안에 있는 다른 모습을
과감히 드러내는 중이다.

내가 용기를 냈을 때
다른 이들도 용기를 냈다.
그렇게 서로서로 용기를 내면

없던 힘도 생길 것이다.

나이 들수록 필요한 건 세대를 가리지 않고
소통할 수 있는 능력.
하나둘 내 곁을 떠나가도
고독을 즐길 줄도 아는 능력.
하나의 모습이 아닌 다중이로 살아갈 수 있는
그런 유연성이 필요하다.

밥해 먹는 건 머리 안 돌아가도
쓸데없는 데는 잘 돌아간다.
쓸데없는 데 관심이 많은 건 글자도 마찬가지였다.
어려서 과자를 먹을 때도 과자 봉지 뒤
깨알같이 써 있는 글자를 자세히 읽곤 했다.

엄마가 약을 드실 땐 깨알같이 작은 글씨체로 써 있던
약 설명서를 읽으면서 부작용에 관해 알게 됐다.
아주 어린 나이에 말이다.
양약 신봉자였던 엄마 때문에
오히려 나는 약을 멀리하게 됐다.

글자 중독은 나를 책벌레로 만들더니 작가로 만들었다.
양약의 부작용은 자연치유에 깊이 관심을 갖게 만들었다.
쓸데없는 것에 관심 가졌던 호기심이
내 인생에는 중요한 결정을 하게 한 셈이다.

호기심은 지금도 여전하다.
글씨란 글씨는 다 읽는 것도 여전하다.
내 스스로가 주의 산만한 아이처럼 느껴질 때가 많다.
그렇지만 쓸데없는 호기심이 내 사고를 늙지 않게 만든다.
궁금한 건 탐색하고 사고 치고 일 저지르게 한다.

내가 젊게 살 수 있는 이유는
쓸데없는 호기심에 있다.
호기심에 열정이 더해지면
삶이 매우 흥미로워진다.
누가 뭐라든지 일단 해보고 결론을 낸다.
다른 사람의 말에 휘둘렸다면
내 인생은 참 찌질했을 거다.

10년 전 나를 알았던 사람들은
지금 내 모습이 무척 낯설 거다.
나는 많이 성장했고 너무나 많이 달라졌다.
사람은 고쳐 쓰지 못한단 말도 내겐 해당하지 않는다.
달라지기 위해서 고통의 긴 터널을 통과했다.

그러니까 포기하지 마라.
나같이 쓸데없는 인생도 달라졌으니
그대들의 인생도 분명히 달라질 수 있다.

내가 사고 잘 치는 건
좋게 말하면 추진력이 좋은 거.
우리 집에 내려오는 전통?

세상에 공짜는 없다.
내가 하기 싫으면 남도 하기 싫다.
도와줄 땐 확실하게!
마지막 대목이 중요하다.

도와주는 척이 아니라
도움받았다는 생각이 들도록 확실하게!
찔끔찔끔이나 감질나게도 아니고
도와줄 땐 확실하게!

계산기 두드리지 않고
앞뒤 가리지 않고 돕고자 하는 마음은
아무나 가질 수 없다.

그렇기 때문에
내가 도울 수 있다면
그런 마음을 가질 수 있다는 것 자체가
감사한 일이다.

서로 고맙다 생각되는 인연이면
더욱 감사한 일이다.

내가 가진 재능과
내가 가진 재물이
내 것이 아니다.
그렇기 때문에 '도움'이나 '나눔'이란 표현 대신
'돌려줌'이 맞는 표현이다.

내게 돌려줄 기회가 왔다면
감사한 일이다.

하나의 모습이 아닌
다중이로
살아갈 수 있는 유연성

연애를 한다면 상대가
나를 사랑하는지
돈 쓰는 걸 보면 알 수 있다.
내게 돈 쓰는 거 아까워한다면
망설이지 말고 헤어져라.

내게 돈 쓰기 아까워한다면
결혼 후에도 나보다
돈이 더 중요하기 때문에
행복하긴 글렀다.
돈이 있는 곳에
그 사람의 마음도 있는 법이다.

사람 관계도 좋을 때는 다 좋다.
하지만 돈이 눈앞에 놓이면
본색이 드러난다.
돈 앞에 장사 없다는 말
괜히 있는 게 아니다.

돈을 돌같이 볼 수는 없어도
연습은 할 수 있다.

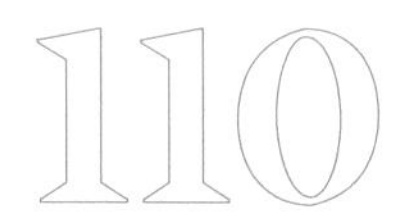

돈 때문에 행복을 놓치지 않는 연습.
돈 나눌 때 양보할 수 있는 연습.
더 가지고 싶을 때, 양심 머리 붙드는 연습.
버려야 살 수 있을 땐, 과감히 던져 버리는 연습.
날린 돈, 떼인 돈, 잊어버리는 연습.

나도 옷 만들던 초기에
떼인 옷값이 꽤 많았다.
내가 어리석은 탓이다.
돈 쪼들릴 때마다 내 어리석음을 곱씹으며
같은 실수 하지 않으려 노력한다.

돈은 날려도 사람은 날리지 말자.

돈보다 주기 어려운 게 있다.
돈보다 주기 어려운 것은 시간이다.

내 돈 아까워서
남에게 십 원 한 푼 못 주는
사람도 있겠지만
그만큼 아까운 돈보다
더 주기 어려운 게 시간이다.

내 시간을 귀하게 여기지 않는 사람과는
오래 관계 맺기 힘들다.
시간 낭비했다 싶은 사람과 만나는 게
즐거울 리 없다.

이야기를 좀 더 확장해보면
그런 까닭으로 한 사람을 만나는 것은
그 사람의 세월과 마주하는 고마운 시간이다.
사람과 사람이 만나는 건
세월과 세월이 만나는 경이로운 순간.

그런 감격스럽고 고마운 시간을
내 편의대로 차지하려 하는 것은

상대의 시간뿐만 아니라
그 사람 자체를 가벼이 여기는 것이다.

내가 얻고자 하는 것이 있다면
더더욱 상대방의 시간을
가치 있게 대접해주자.

한 사람을
만나는 것은

그 사람의
세월과
마주하는

고마운
시간이다.

두 아들에게 말했다.
좋은 사람 찾지 마라.
너희가 좋은 사람이 아닌데
좋은 사람 만나기를 바라는 건
사기 치는 일이다.

너희가 먼저 좋은 사람이 돼라.
그러면 좋은 사람 나타난다.
네 입에 들어가는 것
네 몸에 걸치는 것을
스스로 해결하지 못하면
결혼은 꿈도 꾸지 마라.

먹는 것 입는 것을
스스로 해결하지 못한 채 결혼한다면
결혼하는 것이 아니라
하녀를 들이는 것과 같다.

아내는 너의 하녀가 아니다.
귀한 남의 자식 인생을 망치지 마라.
너 혼자 살아도 아무 문제 없다면
그때는 결혼해도 좋다.

일찍이 독립한 두 아들은
계모 같은 엄마 때문에
먹고사는 모든 걸 혼자 해내야 했다.
그랬기에 결혼한 여자들이 가족들을 돌보느라
살림하며 얼마나 고생하는지
알게 되었을 거다.

그걸 알았다면 분명한 건
아내를 하녀같이 부리지 않는
멋진 남편이 될 거다.

아들 가진 엄마들이 먼저 달라지면
내 아들도 멋진 남자가 된다.

무 다섯 개가 데크에 있다.
분명히 앞집 아줌마가 놓고 가셨다.
반 잘라 먹으니 달고 시원하다.

퍼뜩!
띠봉이가 준 꿀이 생각났다.
꿀에다 무를 재워야겠다.

아이들 어릴 때 감기약으로
만들어 먹이곤 했다.
기침 가래 감기 등등
겨울 상비약으로 쓰면 된다.

이런 거 안 한 지 오래됐는데
앞집 아주머니와 띠봉이의 사랑을
나눠받은 덕분에 무절임을 만들었다.

예쁜 우리 며느리 줄 거다.
우리 며느리는 참 지혜롭다.
말도 얼마나 예쁘게 하는지!
우리 며느리 생각만 하면
자다가도 웃음이 난다.

며느리는 내가 하는 건 다 따라한다.
며느리는 우리 집의 보배다.

아들에게 늘 교육시킨다.
세상에 저런 여자 없는 거 알지?
남자들은 자꾸 말해줘야 한다.
말 안 하면 둔해서 모른다.

배우자를 잘 만나는 건
로또보다 어렵다고.
넌 로또 맞은 거보다
대박이란 걸 잊지 말아라.

훌륭한 사람 되려 할 필요 없다.
네 아내를 기쁘게 하며
사는 것이 가장 큰 행복이다.
며느리 맘 아프게 하면
내 손에 죽을 줄 알아라.

우리 며느리,
이거 먹고 겨울 잘 나거라.

혼수 할 필요 없다.
나도 혼수 안 해왔다.
부모님께서 잘 키워주신 것만으로도
감사하다.

나는 어려서부터
나 자체가 어떤 혼수보다
가치 있다고 주장해왔다.
돈 한 푼 없으면서도
너무나 당당했다.

그러니 너 좋다는 여자 있으면
미리 말해줘라.
나는 보석도 밍크도 관심 없다.
우리 집 전통은 혼수 금지!

나는 며느리에게 쓸데없는
전화하지 않는다.
할 얘기 있으면
아들 며느리가 같이 있는
단톡방을 통해 말한다.

며느리와 개인 카톡은 삼간다.
애들 집 비밀번호 묻지 않는다.
예고 없이 들락날락 않는다.

그런데 어느 날
며느리가 먼저 연락해왔다.
고민을 내게 먼저 의논해왔다.
나는 놀라기도 했고
진심으로 고마웠다.

지난 세대는 바꿀 수 없지만
우리는 바뀔 수 있다.

독수리 오형제만 지구 평화를 지키나?
너희 평화는 내가 지켜주마.

우리 집안 복덩어리 며늘아,
설연휴에 나 혼자 조용히 글 써야 하니까 오지 마라.
친정에 가서 엄마랑 놀든지, 느그들끼리 여행을 가든지.
보다시피 나는 매우 독립적인 인간이라
혼자 노는 DNA를 타고났단다.
연휴 맨 마지막 날에나 맛있는 거 사 먹자.

울 며느리 없었으면 우리 아들 어쩔 뻔했나?
너 같은 며느리가 세상에 또 있겠나 생각할 때마다
내 인생 최고의 복이다.
나는 너처럼 예쁘게 말하는 사람을 본 적 없어.
곱게 키워주신 사부인께 감사!

사부인이 나보다 연세 많으니
친정엄마 계시는 동안은
무조건 친정 먼저 챙기는 걸로!
우리나라에서 며느리 없었으면 어쩔 뻔했나?
아들 키운 게 벼슬도 아니고
오히려 내 아들이 남의 집 자식 고생시킬까
걱정해도 모자랄 판에 시엄마 갑질은 이제 그만!
아들 단속이 더 시급하다.

AI가 사람을 대신하는 시대에
아직도 사고방식 못 고치면
사람 대신 로봇하고 노후를 보낼지도 모른다.
다행히 나는 무생물과도
대화가 가능해서 문제없지만
어지간한 사람들은 곁에 사람 없으면
외로움을 타니까 특히 조심하시라!

지들끼리 잘 살면 최고 효도.
그 이상 아무것도 바라지 말 것.
시엄마 한 사람 조용하면 집안 평화, 지구 평화,
아들도 아내 존중하면 은하계까지 평화.
평화를 깨는 자들은 모두 블랙홀이 삼킬 수 있으니
그저 조용히 명절 보내기를!

명절이라서 냉장고 청소한 거 아니다.
이사 갈 거라서 한 거지.
언제 어디로 갈진 모르겠지만
냉장고는 참 깨끗하다.
아무리 그래도
추석인데 이건 너무하다.

명절이라도 음식 하지 않는다.
며느리는 친정 먼저 보낸다.
음식 안 하니까 올 필요 없다.
무조건 친정엄마가 먼저다.
결혼할 때 그렇게 정해줬다.

아들은 이미 독립시킨 지 오래.
이제 네 남편이니 나는 모르쇠.

서운이고 섭섭이고
다 개나 줘버리자.
며느리 행복이 내 행복이다.

나와 아들은 그 아이를
보호하고 사랑해야 할

의무만 다하면 된다.

내 며느리를 힘들게 하는
사람은 가차 없이 응징할 거다.
그게 내 아들이라도 말이다.

그것이 궁금하다.
결혼하고 효자 노릇하는 이유,
부모 죽고 효자 노릇하는 이유.

결혼하면 남자의 역할은 매우 중요해진다.
내 아내는 내가 보호한다는 각오가 무장되어 있지 않으면
아내가 속병 들고 화병 들어 결국 내 가정이 위태해진다.
만약 안 하던 효도가 하고 싶으면
처가를 먼저 살뜰히 챙겨보자.
그 모습을 본 아내는 남편을 더욱 귀하게 여기고
가정에 헌신할 거다.

시엄마든 장모든 결혼시켰으면 신경 끄자.
내 새끼한테 잘하면 그만.
뭘 더 바라고, 입 함부로 놀려서 상처 주나?

여자들은 본디 타고나기를
남편과 가정에 목숨 바치는 걸 아끼지 않는다.
여자의 본능을 모르고 안 하던 효도 한다고
아내 잡으면 생명 단축된다.

아내를 위하고 지키는 남자,

그 자녀들은 자연스럽게
엄마한테 함부로 하지 않고
남들에게도 함부로 안 한다.

엄마와 아내 사이에서 힘들다 투덜댈 거 없다.
아내 마음을 편하게 해줘야
자녀에게 화풀이 안 한다.
엄마 보는 앞에서라도 아내 대신 설거지 하는 남자,
그런 남자라면
아내들이 평생을 바쳐도 후회 없을 거다.

고맙다, 수고했다, 미안하다,
말 한마디면 뽀뽀를 받는다.

지난 세대는 바꿀 수
없지만
우리는 바뀔 수 있다.

로또 당첨될 확률, 남편과 잘 맞을 확률?
어느 확률이 더 낮을까?
단언컨대 후자일 거다.

옛말에 부부는 반대로 만나야
잘 산다고 했는데 결코 믿을 수 없다.
맞는 부부가 없으니까
일부러 그런 말을 만들었을지 모를 일이다.

결혼 상담하러 오는 많은 청년에게 가장 먼저 묻는 말은
둘의 식성이 비슷한지, 취향이 비슷한지 묻는다.
식성은 인간의 본능과 깊은 관계가 있기 때문에
식성이 완전히 반대라면
어느 한쪽은 자기 식성을 포기해야 할 확률이 높고
포기하는 쪽은 주로 여자 쪽일 가능성이 높다.

연애와 결혼은 완전히 다르다.
함께 한 공간에서 한 식탁에서
반복된 일상을 살아야 하는 것.
본능은 억지로 오랫동안 억누를 수 없다.
한쪽의 욕구가 눌려 있다면 부지불식간에 불만이 쌓인다.
갑자기 이유 없이 짜증나고 우울하고 화가 난다면

본능이 억눌렸을 확률이 높다.

둘 다 음식을 만들 줄 안다면 문제는 달라질 수 있다.
아들에게 네 입으로 들어갈 것, 네 몸에 걸칠 것은
스스로 해결하도록 가르쳐야 한다.
입으로 먹을 거 들어가는 게
얼마나 힘든 일인지 안다면
결코 차려주는 밥상만 기다리는
남편이 되지 않을 거다.
맞벌이 부부라면 말해 무엇!

입맛은 양보가 잘되지 않는다.
입맛대로 다 차려줄 수도 없다.
엄마가 해준 음식이 어쩌고 하려거든 손수 하면 될 일.
괜히 입 잘못 놀려서 점수 깎아 먹지 않도록!
세상이 달라졌는데도 변하려 하지 않는다면
남편과 아내는 서로 로또 타령할 수밖에 없다.

사랑하는 내 남편 내 아내에게
로또보다 내가 낫다는 걸
맛난 거 만들어 서로 먹여주며 증명해보자.

11년 만에 다시 책 앞에 섰다.
공황장애로 귀촌하면서 다시는 책 근처에
가지 않겠다고 모질게 마음먹었다.
우리 부부가 가지고 있던 책 5만여 권을 모두 기증하고
두 번 다시 책은 쳐다보지 않기로 했다.
머리 쓰고 사는 삶이
너무나 부질없고 헛된 것이었다.
대신 몸을 쓰며 살기로 했다.

배운 대로 실천하면서 살기로 이를 악물었다.
평생 배웠던 거 실천하기에
남은 인생이 짧게 느껴졌다.
하루만 하루만 더 살아보자.
어제보다 조금 더 나아져보자.
오늘이 마지막인 것처럼 미련 없이 살아보자.
나의 하루살이 인생은 그렇게 시작됐다.

하지만 천직은 속일 수 없었다.
메타[2]는 순식간에 나를 대중들 앞으로 끌어냈다.
쇠사슬에 묶여 있던 자물쇠가 풀리는 느낌이었다.
황량한 광야에 홀로 버려졌던
내 앞으로 대중들이 다가왔다.

다시 가보겠다.

나는 새로운 지평을 열겠다.

아직 개척되지 않았던 곳

그러기에 더욱 필요한 책을 한 줄로 쓰기 위해

오늘 하루를 마지막처럼 살겠다.

2
메타플랫폼스 주식회사. 인스타그램 앱 운영회사.
마크 저커버그가 창업한 페이스북은 최근에 메타로 이름을 바꿨다.

8년 만에 대중 앞에 다시 섰다.
두려움을 떨쳐내기까지
오랜 시간이 필요했다.

당근 오이 먹는 팬클럽 토크쇼
아기부터 70살까지 즐길 수 있는 팬 미팅
이런 분위기 느낌 옴?

장소를 마련해준 더뉴그레이
권정현과 즉석에서 호흡 맞추고
질의응답 시간을 가졌다.

두려움만 가득했던 나는 온데간데없고
무대 체질이 되어 즐겼다.
내게 몰입한 팬들의 사랑이
잠자던 내 본능을 깨웠다.

나를 다시 대중 앞으로 서게 한
띠봉이들을 위해
나도 나의 사랑을 쏟아붓겠다.

지금까지 보고 들어왔던

세상은 잊어도 좋다.
서른다섯 청년과 쉰일곱인 내가
베프가 되어 소통하듯이
우리는 다른 꿈을 꿀 수 있다.

돈을 벌어도 멋있게
돈을 써도 멋있게
돈 없어도 멋있게
말 한마디 해도 멋진
그런 어른이 늘어가는 세상.

내 주머니가 비어서도 안 되지만
타인의 유익을 먼저 생각하는
상생의 생각이 모이면
많은 것이 달라질 것이다.

모두가 한 곳을 향해 간다 해도
다른 길을 선택할 수 있다.

그곳에는 같은 마음으로
서로를 보듬어 줄 사람들이
기다리고 있다.

쉬운 건
재미가 없어.

쉬운 거는 줘도
하기
싫더라고.

성격이 좀
그 랬 어 .

그런 건 재미가 없어.
쉬운 건 재미가 없어.
평생 살면서 쉬운 거를
재밌다고 생각해본 적이 없어.
어려워야 재밌어.
뭔가 어렵고 나를 난처하게 만들고
나한테 자극을 줘야 재밌지.
쉬운 거는 줘도 하기 싫더라고.
성격이 좀 그랬어.

사회 활동을 다 중단하고 있을 때
큰아들이 유튜브를 꼭 해보라고,
엄마가 가지고 있는 재능을 좀 펼쳐보라고
수없이 닦달했다.

1년 이상 들볶이고 나니
노느니 장독 깬다고 뭐라도 하자 싶어서
유튜브를 시작했다.
밥 먹고 할 일이 없었기에 망정이지
파이널컷 혼자 배우다 저세상 갈 뻔했다.
그리고 지금 어쩌다 여기까지 왔다.

촬영도, 편집도 혼자한다.
다른 사람을 시키고 싶지만 월급 줄 돈이 없다.
처음에는 우리 애들도 안 보는 인기 없는 채널이었다.
인스타에도 영상을 올렸다.
하지만 인기가 없었다.
아무리 노력해도 안 되는 건 안 되는 거라고 포기했다.
마음이 가벼워졌다. 자유가 찾아왔다.

그런데 사람이 죽으란 법은 없다더니
눈 딱 감고 올린 영상에 사람들이 열광했다.

더 웃긴 건 패션 콘텐츠로 시작했는데
동기부여 영상이 되었다.
내 유튜브 구독자는 시니어가 90퍼센트였는데
인스타에선 세대 통합 달성!

도전은 나를 또 다른 세상으로 인도한다.
이대로 가보자.
도전과 응전이 내 삶을 바꿀 것이다.
더 큰 도전이 나를 압도할 듯 버티고 있을 거다.
그래도 기죽지 않고, 이대로 간다.

나는 허은순이다

우리나라에 www가 처음 들어올 때는
CD가 있어야 가능했다.
나는 국내에서 인터넷을 처음 쓴
소수 유저 중 하나였다.

그러다 누리집이라는 게 생길 때
나는 내 누리집을 운영했고
내 누리집은 한국 100대 홈피로
문화부장관상을 수상했다.
전설의 누리집 '애기똥풀의 집'
내가 그 집 주인이었다.

SNS라고는 전혀 없던 시절,
내가 발행하는 메일링 구독자는
무려 10만 명이 넘었다.
그때는 1999년
지금 유튜브 인스타로 치면
100만 명에 해당할 정도?
20여 년이 지난 지금 다시 릴스 천재가 되어 돌아왔다.

하지만 그때나 지금이나 나는 허은순이다.

유튜브 말아 먹었다.
구독자 수가 많지 않았다는 뜻이다.
물론 유튜브 덕에
동영상 편집 도구를 잘 쓰게 되었다.

유튜브는 편집 시간이 무척 오래 걸린다.
하지만 숏폼인 릴스는 유튜브 편집에 견주자면
훨씬, 아주 훨씬 쉽다.
시간이 덜 걸린다는 뜻이다.

내가 릴스를 하기 전에
숏폼은 정신머리 없는 내게
미쳐 돌아가는 세상이었다.
엄지를 올릴 때마다 짧게 짧게 새로운 것이 나오는데
계속 보고 있다가는 진짜 돌아버릴 거 같았다.

그래서 나는 거꾸로 가기로 했다.
길게 길게.
최대한 길게!
릴스는 1분 30초까지만 영상을 올릴 수 있다.
그래서 최대한 1분 30초에 영상을 맞추고
집중해서 글자를 읽을 수 있는 방법을 택했다.

날마다 날마다 릴스를 올리면서
내가 뭐 하는 짓인가 싶었지만
점점 새로운 창작의 영역을 만들어갔다.

드라마처럼 볼 수밖에 없는 릴스
한 번도 안 본 사람은 있어도
한 번 보면 계속 보게 되는
중독되는 릴스를 만들었다.

내가 만든 릴스는
그전까지 인스타그램에서는
볼 수 없었던 형식이었으나
곧 새로운 유행이 되었다.
천재가 확실하다.

도전은
나를 또 다른
세상으로
인도한다.

이대로 가보자.

도전과 응전이
내 삶을 바꿀
것이다.

핸드폰이 있다면
누구나 인플루언서가 될 수 있는 세상.

10여 년 전,
유튜버가 각광받는 직업이 될 거라 했을 때
나는 유튜버가 뭔지 몰랐다.
유튜브가 없으면
세상이 안 돌아가는 시대가 되어서야
비로소 알게 됐다.

지금은 유튜브보다 숏폼의 시대다.
SNS가 훨씬 더 많은 사람에게
쉽게 노출된다.

너도나도 인플루언서가 되고 싶은 건
관심을 받아야 하기 때문일 거다.
판매가 목적이든
인기가 목적이든
나를 알리지 않으면 안 되는 세상이다.

인플루언서가 되고 싶다면
왜 인플루언서가 되고 싶은지 생각해보자.

판매가 목적이라면 마르지 않는 갈증이 생길 것이다.
인기가 목적이라면 정신력이 고갈되기 쉬울 것이다.
판매도, 인기도
시간이 지나면 시드는 꽃과 같다.

그렇지만 기록이라는 과정에서 본다면
이야기는 달라진다.
내 기록은 일기를 대신할 수 있고
누군가에게는 정보가 될 것이며
어떤 이에게는 위안이 될 수 있다.

특히 노년의 기록은
자녀 세대를 위해서도 필요하다.
평소에 내 자녀들과 나누지 못했던 생각들
자주 해주지 못했던 말들을 남겨둘 수 있다.
인기 없어도 괜찮다는 마음으로
아무것도 팔지 않아도 괜찮다는 마음으로
시작해보자.

당신이 오롯이 담긴 영상들이
소중히 남게 될 것이다.
그러다가 나처럼 인플루언서가 될 수도 있다.

1일 1릴스의 비결 풀어 본다.
핸드폰을 적당한 곳에 세운다.
그리곤 아무 일 없던 것처럼
모르는 척한다.
하던 일 한다.

잘하려고 애쓰지 않는다.
잘하려고 할수록 힘들다.
릴스를 지속하려면
꺾이지 않는 마음이 아니라
되는대로 하는 마음,
그냥 하는 마음이 중요하다.

칼이 없으면 이빨로 씹어먹겠다는 마음,
곤소금이 없으면 굵은소금을 부숴 먹겠다는 마음으로.
중요한 건 뭐다?
되는대로 하는 마음, 그냥 하는 마음.

이 두 가지만 기억한다면
그 누구라도 릴스할 수 있다.

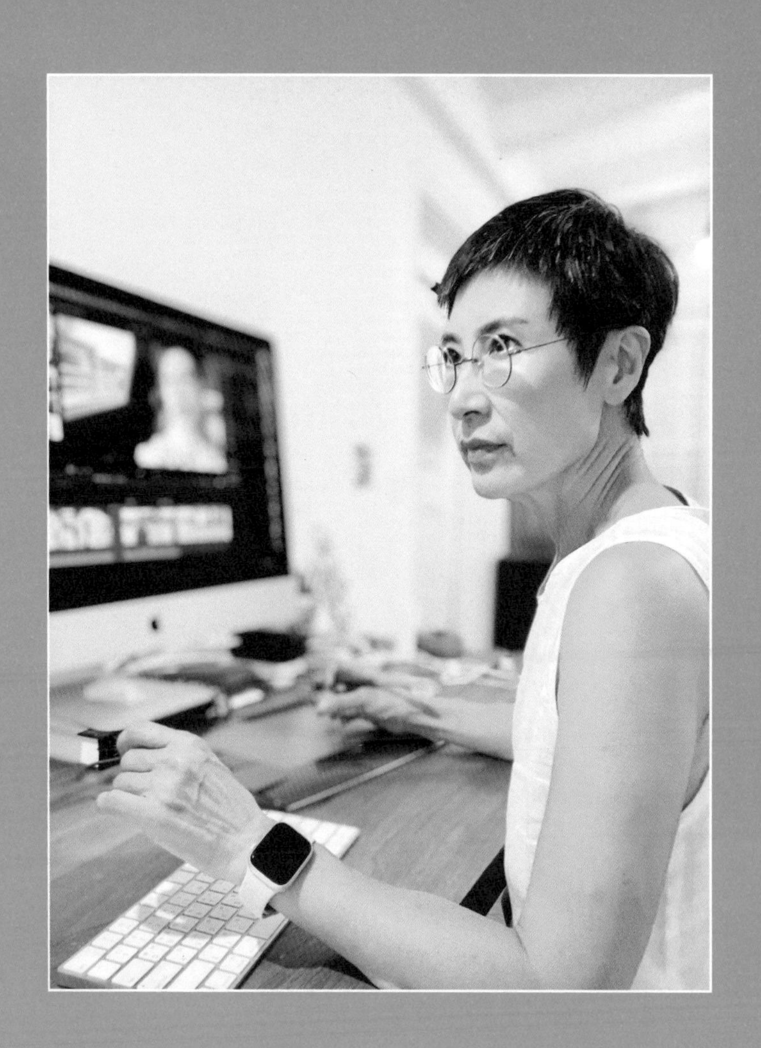

인플루언서가 되고 싶은 이유가 명확하고
너무나 간절하다면 무조건 시작할 것.
어떻게 시작하냐고?
아무거나 찍어 올린다.
아무거나가 뭔지 모르겠으면
한창 유행하는 릴스 따라하기.
모방은 창조의 어머니란 걸 잊지 않았겠지?

따라하다 보면 재미있다.
재미 붙였으면 그 다음은
그중에서도 어떤 피드가
반응이 좋은지 살펴본다.
반응이 좋았던 피드에는 반드시 이유가 있다.

그런 피드를 꾸준히 올려본다.
사람들의 취향은 다양해서
내 피드를 좋아하는 사람들이 천천히 늘어난다.
피드를 쌓아나가면서 버릴 것은 버리고
남겨둘 것은 남겨두면 된다.

처음부터 잘하려고 하다 보면
스트레스만 쌓인다.

느긋하게 또 느긋하게.
하루에 하나는 힘드니까.
며칠에 하나씩이라도 꾸준히 올리는 거다.

그러다 힘 빠지면,
다 왔다.

힘 빼면 콘텐츠는 자유로와지고
자유로와지면 없던 용기도 생긴다.
처음엔 올리지 못했던 것도 올릴 수 있게 되고
꾸준히 소통하면 없던 팬도 생긴다.

오타 때문에 웃는 일이 많다.
마이크 켜고 목소리로 글을 쓰면 제멋대로 써 놓는다.
오타 수정 필수!

자동 인식은 마침표를 안 찍는다.
직업병이 있어서 마침표가 없는 문장을
눈 뜨고 봐줄 수가 없지만
마침표 걸고 넘어지면
날 샐 수 있기에 꾹 참는다.

대표 오타 '띠봉' 이런 덴장!
나는 노안이라서 작은 글씨가 잘 안 보인다.
핸드폰 캡컷[3]으로 편집하면
글씨는 더 작아진다.

그러던 어느 날 '따봉'이라고 타자 친 것이
'띠봉'으로 올라갔다.
사람들이 오타 났다고 웃었다.

그 뒤 나는 재미로 따봉 대신 띠봉을 더 많이 썼다.
팬클럽이 생기고 띠봉은 내 팬들을 부르는 애칭이 되었다.

요즘 밖에 나가면 내 앞에서 아는 척할까 말까
망설이는 사람들을 만난다.
나는 본능적으로 느낀다.
띠봉이다!

오늘도 교회 주차장에서
"혹시… 인스타…?"
살짝 어색했지만
"띠봉이시군요!"
넘 반갑고 감사했다.
나는 연예인도 아닌데, 이게 머선 일?

이렇게 하면 어떨까?
너와 나의 암호말, 띠봉!
그러면 나는 잠옷 바람에 팔다리 흔들던
영상 떠올라 얼굴 빨개지겠지.
띠봉이들은 내 머리 안 뻗쳤나,
확인하겠지?
이제 나는 사기 치기 틀렸다.

3
동영상 편집 어플

릴스 촬영에 대한 질문을 정리해봤다.
촬영은 아이폰 두 개로 한다.
편집은 핸드폰에서 캡컷으로
글씨체는 읽기 쉬기 도현체.
글자 수가 많이 들어가는
글씨 배경 불투명도 14퍼센트,
효과는 애니메이션 타자기.

삼각대는 쓰지 않는다.
셀프 촬영에는 삼각대가 꼭 필요하지만
자유로운 앵글이 나오려면
삼각대보다 사물 활용을 권장한다.

각본도 미리 짜지 않는다.
문장은 편집된 영상 보면서 즉흥으로 쓴다.
잘되면 업로드까지 30분?
잘 안되면 서너 시간 걸린다.

영화 같은 릴스를 찍으려면
지형지물을 이용해야 한다.
차바퀴든 사이드미러든
핸드폰을 세울 수 있다면, 땡큐!

자동차 번호판 위라면
사람 눈으로 잘 볼 수 없는 멋진 앵글로 찍힌다.
계단 같은 곳에는 기대놓기만 해도 좋다.
거울까지 이용하면 독특한 장면을 연출할 수 있다.

오늘같이 잘 안 되는 날은
한 시간이 넘도록 썼다 지웠다를 반복한다.
아무리 릴스 천재라도 날마다 홈런 치지 못한다.
지속 가능한 콘텐츠 제작은 쉬워야 한다.

나도 처음에는 장비가 부족하네,
실력이 부족하네,
변명 거리만 한 트럭이었다.
하지만 부족한 건 장비가 아니라
내 안에 있는 이야기다.

부족한 건
장비가 아니라

내 안에
있는

이야기다.

책이든 영화든 노래든
첫 문장, 첫 장면, 첫 소절에서 끝난다.
나처럼 용감하게 긴 릴스를
만드는 사람은 더욱 그렇다.
첫 장면에서 승부를 봐야 한다.
내 릴스에서 무슨 얘기를
할 건지 명확하게 한마디로 드러내야 한다.

문장은 짧게 쓴다.
글 잘 쓰는 사람은 장황하게 늘어놓지 않는다.
말 잘하는 사람도 마찬가지다.
짧은 문장으로 끝낸다.
특히 릴스 글쓰기는 일반 글쓰기와 다르게
그래서, 그리고, 그러나 같은 접속사는 생략한다.
접속사 없이 이어가려면
간결하고 담백하게 써야 한다.

세로 화면에 들어갈 수 있는
글자 수는 한계가 있다.
같은 문장이라도
짧게 쓰는 훈련이 필요하다.

예를 들면,

'캡컷으로 편집하는 것은 어렵다.'

이 문장은

'캡컷 편집은 어렵다.'

이렇게 줄일 수 있다.

같은 말을 하고 있지만

뒤의 문장이 훨씬 빠르게 읽힌다.

빠르게 넘어가는 릴스에서

내가 하고 싶은 말을 정확하게 전달하려면

이런 배려가 필요하다.

릴스로 돈 버는 법은 못 가르쳐줘도
내 릴스를 최소 두 번 보게
하는 방법은 알려줄 수 있다.

영상은 영상대로, 자막은 자막대로 하면 된다.
이른바 내가 잘 쓰는 투트랙 기법이다.
최소 두 번은 봐야 내용이 파악된다.

헷갈리는 릴스를 만들어도
두 번 세 번 보고 또 보는
띠봉이들이 없었다면
이런 릴스는 못 만들었을 거다.

릴스 때문에 스트레스 쌓인다면
내가 릴스를 만드는 목적이 무엇일까?
생각해보자.
많은 이유가 있겠지만 즐거움이 빠져 있다면
스트레스받으며 할 필요 없다.

릴스로 돈을 벌 수 있겠지만
무언가 잃어버리고 있을지도 모른다.
뭘 잃고 있는지도 모른 채

릴스 팔로워와 좋아요에 파묻혀 있으면
마음이 조급해져 그만
넘지 말아야 할 선을 넘어버릴지도 모른다.

나라고 10만이 안 부러울까?
10만은 100만이 부럽겠지.

하지만 나는 부럽지가 않어.
댓글 맛집 만들어주는 띠봉이들이 있는데
한 개도 안 부러워.

인스타 흐름을 역행하고
전두엽을 보호하는 릴스 만드는 비법은?

첫 번째, 예쁘게 보이는 거 포기!
예쁘고 멋진 건 나 아니어도 세상에 널렸다.
그들과는 비교가 되지 않는다.
경쟁하면 즐겁지 않다.

두 번째, 선글라스와 멋진 옷 포기!
눈과 눈을 마주 보는 아이컨택이 필요하다.
어마어마한 협찬을 받는 스타들은 널리고 널렸다.
하지만 나는 촬영할 때마다 다른 옷을 입을 능력이 없다.
이 두 가지를 포기하기 전
나는 당근마켓을 뒤지는 하이에나였다.
촬영용 옷과 신발을 찾아 뒤지고 헤매는 하이에나.

하지만 옷을 포기하고 난 뒤
입은 옷을 빨 때까지 같은 옷을 입고 찍었다.
내가 편하게 찍으니 보는 사람들도 편하다.
편한 영상이 많아지면 우리 뇌도 편해질 것이다.

편안하게 볼 수 있는 영상으로 전두엽을 보호해주겠다.

요즘 젊은 친구들이 브랜딩에 관심이 많다.
개인 브랜딩이 대세기도 하다.
브랜딩을 위해 이름 짓는 것도 너무 중요하고
로고를 디자인하는 것도 중요하다.

저마다 브랜드에 스토리를 입히는 일에 힘을 쏟는다.
스토리 즉 브랜드의 이야기를 잘 입히면 먹힌다 생각한다.
맞기도 하고 틀리기도 하다.
하지만 브랜드의 힘은 브랜드에 입힌 이야기에 있지 않다.
그것은 포장지에 불과하다.

그 브랜드가 가지고 있는 진정성이 있고 나서
이야기가 힘을 발휘하는 거지
진정성이 없는데 그럴듯한 이야기가 힘을 가질 수 없다.
잠시 인기 얻을 수는 있으나 오래갈 수 없다.

진정성은 어디에서 나올까?
그 브랜드를 만드는 사람의 마음에서 우러나온다.
사람들은 그걸 철학이라 말한다.
진정성 있는 마음이 브랜드의 철학으로 읽힌다면
브랜드를 만든 이도 뿌듯하다.

그러니 상품을 만들기 전에
브랜드의 이름이나 디자인을 고민하기 전에
소비자에게 나는 어떤 마음으로
다가가고 싶은지 생각해보자.
그리고 거기에 걸맞은 상품을 준비하고
있는 그대로 풀어낸다면
훌륭한 이야기는 저절로 입혀진다.

(제대로 만든) 상품
(이 상품을 만들기까지의) 이야기
(그리고 왜? 어떻게? 만들었는지) 진정성
세 가지가 잘 준비되면
현명한 소비자들은 알아본다.
현명한 소비자들이 알아주면
비록 느리게 발동걸려도 오래간다.
그것이 브랜드의 힘이다.

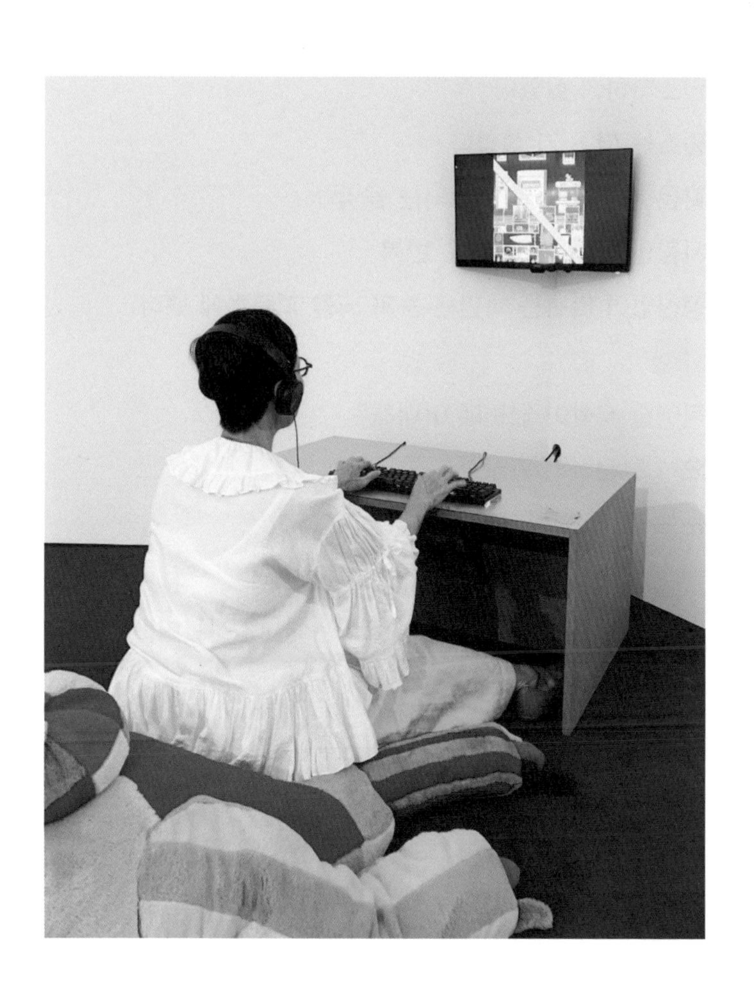

인스타하기 싫었다.

릴스는 더 하기 싫었다.

같은 부분만 반복 재생되는 음악

사람만 바뀐 채 같은 춤 반복,

정신없이 바뀌는 화면은 눈과 뇌를 피로하게 했다.

나에겐 변명거리가 많았다.

찍어줄 사람이 없는데 어떡해?

으… 편집하기 귀찮아,

눈도 잘 안 보인다구.

이거도 싫고 저거도 싫고

지속 가능하지 않은 콘텐츠 올리는 건 더 싫었다.

그래서 어느 날 나는

대충 핸드폰을 세웠다.

땀 찔찔 흘린 얼굴 그대로

재채기가 나오면 나오는 대로

후지면 후진대로 찍어서 올렸다.

결국 지속 가능한 콘텐츠는

게으른 나의 귀차니즘의 산물이었던 셈이다.

도와주는 사람이 없는 것이 오히려 나를

자유롭게 했다.

별것 아닌 나의 일상이 콘텐츠가 되었듯

우리의 일상은 힘이 있다.

나에게는 별거 아니지만
누군가에게는 힘이 된다.
일상을 기록하는 것은
생각보다 힘이 세다.

일상을
기록하는 것은

생각보다

힘이 세다.

○

내가 아는 허은순

은순 어머니께 첫 인사를 드린 따뜻한 5월, 봄과 같은 초록 린넨 원피스를 입고 계신 어머니는 화장기 하나 없는 순백한 얼굴과 온화한 분위기를 뽐내셨다. 내 아들과 만나주어 너무 고맙다며 칭찬과 고마움을 내게 아낌없이 쏟아 부으시는데 몸 둘 바를 몰랐다. 아들이 데려온 여자친구에게 이것저것 궁금한 게 많으셨을 텐데 그저 말을 아끼시고 따스한 시선으로 나를 편안하게 만들어주는 어머니가 참 감사했다. 지금의 남편과 결혼할 결심을 확실히 한 이유도 어머니와의 첫 만남 덕분이다. 물론 어머니를 만나기 이전에도 이렇게 멋지고 훌륭한 남자는 꼭 잡아야겠다고 생각했다.

은순 어머니의 아들은 나쁜 길이 놓여 있어도 그 길로 절대 빠지지 않을 거라는 믿음이 컸기 때문이다. 그 어떤 상황에서도 항상 며느리 편에 서주시며 우리 며느리의 행복이 제일 중요하다고 말씀해주시는 우리 어머니가 계셔서 더 행복하고 슬기로운 신혼생활을 보내고 있다. 자유롭지만 지혜롭고 포부가 크지만 겸손한 어머니를 보며 진짜 어른이란 어떻게 생각하고 행동하는지 어머니께 많이 배워나가고 있다.

남들은 별나다 특이하다 생각할지라도 평생 받을 사랑을 매일 부어주시는 어머니의 사랑 그릇을 본받으며 그 발자

취를 따르고 싶다. 어머니의 환한 미소는 보는 사람으로 하여금 아무 이유없이 기분 좋게 하는 마법이 있다. 그 단순한 마법으로 많은 사람에게 행복을 전하는 어머니가 이 시대 진정한 인플루서언서이자 신인류다.

며느리 김예슬

3장

보험 대신 운동

하는 데까지는 최선을 다해보고
뒷일은 하나님께 맡기는 거죠.

목표는 오직 하나,
죽는 그날까지 내 발로 화장실 가는 것.

일찍 자고 눈 뜨면 5시다.
깊이 묵상하며 기도한 뒤 6시부터 스트레칭을 한다.
나 따라 하면 심신이 새로울 거다.

먼저 백회혈을 자극한다.
혈액 순환, 두통, 스트레스, 불면증, 치매 예방 등등에 굿!
머리가 엄청 맑아져 상쾌한 하루를 시작할 수 있다.

혈자리를 알고 있으면 스트레칭할 때 응용 가능하다.
머리가 발끝에 닿을 때까지 연습하는 중이다.
유연성을 기르면 통증도 줄고 모든 움직임이 자유롭다.

늙으면 뻣뻣해지는 게 아니라 젊으나 늙으나
안 움직이면 근육이 굳어서 뻣뻣해진다.
근육이 굳으면 사방 아프다.

늙으면 아픈 게 당연한 거라고 입 밖에 내지 마라.
아무도 가만히 있으라고 하지 않았다.
내가 내 몸을 돌보지 않은 거다.
병들 수 있다.
하지만 근육은 관리할 수 있다.

자꾸 움직이면 움직일수록 관절이 부드러워지고
내 몸 여기저기 돌아다니는 통증도 눈에 띄게 줄어든다.
나도 안다고 말하지 마라.
몸으로 증명하지 않는 건 아는 것이 아니다.

나이 먹는 걸 두려워하는 건
돈 떨어지고 아프게 되는 걸 걱정해서일 거다.
돈은 내 맘대로 벌 수 없지만
몸은 내 의지로 만들 수 있다.

몸 만들어놓으면 가난에 대한 공포도 줄어든다.
없던 자신감도 생긴다.
이 몸뚱이로 무슨 일이든 못하랴 싶어서 용기가 솟구친다.

지금 고통스러워도 운동하면
누워서 눈만 뜨고 있는 시간을 줄일 수 있다.
내가 할 수 있는 건 다해보고
그래도 안 되는 건 내 소관이 아니다.
죽는 그날까지 걷자.

나는 왜 기를 쓰고 유연해지려 애쓸까?
몸이 유연하지 않으면
중심을 잡기 어렵다.
잘 넘어진다.
회복도 더디다.

몸이 굳으면 생각도 굳는다.
몸과 마음은 하나기 때문이다.
몸이 굳으면 점점 더 움직이기 싫다.
움직임이 줄어들면 노화 가속화는 빨라진다.

우리 동네에 새 요양원이 들어섰다.
나는 고독사하는 한이 있어도
요양원에 가지 않겠다.
나와 같은 생각이라면 나랑 약속하자.
당장 움직이겠다고!

평균연령 백 세 시대가 다가온다.
요양원이 늘어날 것이고
간병인 수요도 당연히 늘 것이다.
그만큼 기대수명보다 건강수명이 점점 더 중요해진다.

건강수명이 중요해졌다는 건
내 자신의 책임도 중요해졌다는 말이다.
내 몸을 내가 돌보지 않고 되는대로 살다가
병든 몸을 다른 사람에게 책임지게 한다면
노령화 사회는 그야말로 병든 사회가 될 것이다.

하지만 내 몸을 돌보고 건강을 유지한다면
노령화 사회는 또 다른 생산을 만들 수 있다.
불가피한 상황이 아니라면
우리는 우리 몸을 돌보며 늙을 수 있다.

내 몸에 대한 이해가 필요하고
내 몸을 학대하지 않는 실천이 필요하다.
먹는 것에서부터 말하는 것까지 다양한 노력이 필요하다.

그 중심에 생각이 있다.
생각이 낡아지지 않게 끊임없이 배우고

실천하는 연습이 더욱 필요하다.

움직일 수 있을 때 죽도록 움직이자.

죽도록 움직이면 누워서 보내는 시간을 줄일 수 있다.

눈 뜨면 감격스럽다.
오늘 내게 주어진 하루가 감사하고 기대된다.
오늘 내게 어떤 일이 일어날지
미개봉 영화 시사회에 초대된 듯한 이 설렘과 짜릿함!

감사하지 못하고 살았던 지난날은 기억하고 싶지 않다.
세상에 감사하지 못할 일이 하나도 없다는 걸 그땐 몰랐다.
눈 뜨자마자 만세를 부른다.
"오늘 하루를 주셔서 감사합니다!"

아침부터 뻗치는 에너지를 나눠주려고 라방을 켠다.
전국 각지 해외에서도 들어온다.
맨날 그렇게 기분이 좋냐고 신기해한다.
신기하게도 그렇다… 라고 말하면 뻥이다.
나는 기분 좋게 살기로 결심한 거다.

행복하게 살기로 결심하고 거울을 보며 웃었다.
아픈 나를 어루만지며 고생 많았다고
수고했다고 웃어주며 나를 안아줬다.

마사지도 받고 침도 맞고 멍 때리며 빈둥거리기도 했다.
눈을 감고 바람 소리를 들으며

하루 종일 하늘을 바라보기도 했다.
아무것도 안 하고 종일 가만히 있던 내 모습은
방전되고 쓸모없는 배터리였다.

감사와 웃음이 나를 충전했다.
감사와 웃음이 기적이었다.
감사와 웃음이 일상이 되었다.
감사와 웃음을 나눠드린다.

슈퍼마켓에 갈 때마다
아무리 많은 식재료가 있어도 내가 사는 건 몇 가지뿐.
요즘 30, 40대 노화 속도가 내 나이 사람들보다 빠르다.

먹는 것이 큰 영향을 미친다.
가공식품과 간편식 그리고 온갖 달달구리가
젊은 층 노화 가속화의 원인.
식습관에 대해 큰 고민을 해야만 하는 때다.

또 다른 원인은 움직이지 않는 것.
앉아서 일하는 직장인들의 건강이 나빠지기 쉽다.
앉아서 오래 일하면 고관절도 약해지고
장 활동에도 지장이 있다.

직장인인 큰아들은 서서 일하는 책상으로 바꿨다.
나도 그 책상으로 바꾸고 싶다.
어떻게 서서 일할까 싶지만
척추와 근육이 튼튼해지려면 서서 일하는 것이 좋다.

사람들은 나더러 더 먹으라 한다.
하루 두 끼 먹고 운동이 되냐고.
많이 먹지 않아도 필요한 건 먹기 때문에

전혀 지장이 없다.

오히려 허벅지 근육은 더 증가했다.

치매 예방에도 근육은 필수다.

뇌 운동보다 더 필요한 것은 근육의 힘이다.

근육이 힘을 잃으면 모든 것이 힘을 잃는다.

모든 것이란 말에는 뇌 기능도 포함된다.

움직이지 않으면 뇌도 움직이지 않는다.

치매가 두렵거든 당장 움직이자.

목표는 오직
하나,

죽는 그날까지
내 발로
화장실 가는
것.

숨만 겨우 쉬고 살던 나는 다시 건강을 되찾기까지
피땀 흘리며 몸을 움직였다.
그 과정을 지나야 탄탄해진다.
평생 나를 괴롭혔던 통증은 모두 사라졌다.
신체 나이 30대 초반?

몸이 아픈 이유는 잘못된 자세와 습관으로 뼈가 틀어지고
틀어진 뼈로 인해 근육이 뭉쳐 통증이 생기기 때문이다.

굽은 척추를 바르게 하는 스트레칭과 운동만 몇 년 했다.
없던 근육이 생기고 통증은 사라졌다.
근력이 좋아지니 면역도 좋아졌다.

나이 들면 허리 망가지고,
허리가 망가지면 무릎도 아프게 된다.
인공관절 수술이며 디스크 수술이며 악순환을 겪는다.
그 고리를 끊는 건 온몸을 움직이는 것뿐이다.

지난해부터는 엉덩이와 허벅지 근육 강화 운동을
일주일에 세 번씩 한 시간 이상 한다.

나는 더욱 강해질 것이다.
다시 나의 때가 올 것이다.

내 몸을 되살리기 위해 가장 먼저 한 일은
발 모양을 바로잡는 일이었다.
수시로 발등치기와 발가락 당기기로
잠든 신경을 깨웠다.

불안정했던 발 모양이 바로 잡히면서
균형 잡는 것이 한결 편안해졌다.
운동뿐 아니라 바른 자세로 틀어진 체형을 잡아나갔다.
몇 년 동안 자가 재활 치료로
이제는 체형도 좋아지고 통증은 모두 사라졌다.

알고 보면 우리 몸은 쉬게 해주면
스스로 치료하는 힘이 있다.
오감이 살아나면 자연스럽지 않은 걸 가려낸다.

피부에 닿는 촉감이며,
코로 맡는 냄새, 혀의 감각까지
각종 화학물질을 알아차린다.

후각은 특히 예민해져서 인공 향은 견딜 수 없다.
화학 성분이 들어간 샴푸, 린스, 합성세제, 화장품 등은
내게 쥐약이다.

커피는 임신 이후 끊은 뒤
지금까지 마시지 않는다.
그 대신 백차부터 청차, 홍차, 흑차까지
차의 향기와 맛을 즐긴다.

내 피부가 건강한 건
좋은 차를 마신 영향이 크다.
좋은 차를 마시면
내 몸이 스스로 치유하려는 신호를 느낄 수 있다.

나이 들어 운동을 시작하려면
틀어진 체형을 먼저 잡아야 한다.
특히 골반!

체형이 틀어지면
동작이 바르지 않아서
오히려 몸을 망칠 수 있다.

꾸준히 스트레칭을 통해
유연성을 길렀다.
몸이 유연하면 자세도 바르고
부상 위험도 적다.

나는 꾸준한 스트레칭과 홈트레이닝으로
근육을 키우고 체력을 길렀다.
이후 달리기를 하면서
지구력과 심폐기능도 향상됐다.

그러다 근육을 좀 더 세밀하게
다듬을 필요를 느껴서
지난겨울부터 개인 pt를 받기 시작했다.
혼자 할 때 할 수 없던 부위를 더 단련했다.

필라테스도 전신 운동으로 아주 좋다.

요가도 좋다.

뭐든지 꾸준히 하는 것이 중요하다.

치매 예방에도 뇌 운동보다

근력 운동이 더 중요하다.

근육이 없어지면

뇌 활동도 몸동작도 느려진다.

숨만 쉬고 누워 있기 싫으면

움직이자!

움직이면 살고

안 움직이면 죽는 것보다

비참해진다.

내가 공황장애가 있다고 한 뒤,
여러 띠봉이들이 연락해왔다.
PTSD 공황장애 우울증 등에 관한 고민을 털어놨다.
어떻게 극복했는지, 약은 먹고 있는지 궁금해했다.

공황발작의 고통은 사람들이 쉽게 상상할 수 없다.
진료하는 정신과 의사들도 증상을 겪어보지 않았기에
그 고통을 이해하기 쉽지 않다.
사람마다 다를 수 있으나
나는 사지마비 과호흡증후군 등
응급상황이 자주 일어났다.
PTSD 역시 나를 오랫동안 끈질기게 괴롭혔다.

쉽게 호전되지 않을 케이스라고 요양을 권해서 귀촌했다.
내가 할 수 있는 건 운동이었다.
물론 약도 먹어야 했다.
몸이 회복되면 반드시 호전될 거라 믿고 운동했다.
그렇게 9년이란 시간이 흘렀고,
보다시피 나는 매우 건강하다.

만약 나 같은 증상으로 남몰래 고통을 겪고 있다면
절대 절망하지 않길 바란다.

주저앉지 말고 심호흡하자.

죽기 살기로 운동하면 몸이 살아난다.

나처럼 반드시 회복될 것이다.

혼자 해내야 했다.
사람 많은 데는 갈 수 없었다.
딱 5분만 해보자, 그게 시작이었다.
5분에서 10분, 10분에서 30분,
그렇게 늘려갔다.

운동은 일상이 됐고 8년이 지났다.
내 운동 목적은 오직 하나,
죽는 그날까지 내 발로 화장실 가는 것.
물려줄 돈도 없는데
늙어 병든 몸을 물려줄 수는 없다.
생명보험 대신 운동.

사람 일은 알 수 없지만
내가 할 수 있는 최선을 다하고
이후의 일은 하나님께 맡긴다.
내 몸 관리 내가 못 해서 자식들 고생시키기 싫다.

한가해서 운동하는 게 아니다.
해야 할 일이 너무 많기에 감당할 체력이 필요하다.
시간을 거꾸로 돌릴 수 없지만
시간을 거슬러 살 순 있겠지.

뇌를 속여 보겠다.

나는 서른다섯이다!

나는 나이를 거슬러 살 것이다.

숨만 쉬고

누워 있기
싫으면

움 직 이 자 !

갑자기 영하 9도란다.
콧구멍에 들어가는 찬바람이
박하 맛 나는 시원한 날.
춥지 않냐고 묻고 싶을 거다.
하지만 이런 날 뛰면 추워도 추운 줄 모르게 된다.
여름엔 이열치열, 겨울엔 이한치한?

건강하기 전 나는 겨울에는 겨울잠을 잤다.
추위를 너무 타서 '얼병아리'라고 불렸다.
보약 먹는 것이 지겨울 정도로 보약도 많이 먹었다.

운동하고 나서는 다 필요 없다.
운동하면 다 해결되는 걸
그걸 모르고 허튼짓한 거다.
이 정도 날씨가 춥다면 근육이 없다는 증거다.
근육이 열을 내줘야 하는데 근육이 없으니 추운 거다.

돈 많이 벌어 부자 되는 거 좋다.
근육 부자 되면 더 좋다.
면역 좋아 감기 안 걸린다.
뭐든 할 수 있을 것 같은 자신감이 하늘을 찌른다.

가족들에게 기대지 않게 되고,

나이 드는 것도 두렵지 않다.

최선을 다했다면 그 이후는 내 소관이 아니다.

내가 먹는 대로 먹고, 나처럼 운동하기 시작한

띠봉이들이 많이 늘었다.

고마운 일이다.

우리가 건강하지 않으면

우리 자녀 세대에게 큰 부담이 된다.

우리는 다르게 늙어보자.

창의적인 노년, 생산적인 노년으로.

아들이 러닝화를 사주고 러닝 앱을 깔아줬다.
아들 성의를 무시할 수 없어서 스텝 바이 스텝으로
2년 넘게 달리고 또 달렸다.

훈련 뒤에는 나에게 상을 준다.
요즘에는 이 맛(달린 뒤 개울에 뛰어든다)에 달린다.
수백 수천 번 포기 하고 싶은데
고통 뒤에 따라오는 보상은 개꿀!

처음에는 혼자 달렸지만
이제는 5천 명이 넘는 인친들이
지켜봐주고 응원해준다.
나의 도전이 누군가에게
용기가 되고 자극이 된다니
감사하고 과분하다.

하루하루 살면서 갈등하지 않는 순간들이 있던가.
그때마다 나는 선택하고 도전할 것이다.
인생은 개꿀이니까!

하루라도 풀을 안 뽑으면 입안에 가시가 돋는다.

사도삼촌.

사일은 도시에서 삼일은 촌에서 보낸다는 뜻이다.

서울에서 사흘 지내면

촌집이 그립고 그립다.

내 마음은 촌집에 있으나

몸은 도시에서 휘청이는구나.

이만하면 됐지, 싶을 때가 있다.
더는 못 하겠다고
현실을 받아들여야 한다고
자꾸 나를 설득하려 한다.
그렇게 중단하면 미련이 남는다.
뒤통수도 자꾸 당긴다.

못 할 것도 없다.
더 해보고 안 되면
그때 다른 길을 찾아보자고
마음을 채찍질한다.

도전하는 것도 습관
포기하는 것도 습관.

습관이 행동을 만들고
행동이 나의 삶을 지배한다.
결국 습관이 나를 지배하는 셈이다.

귀찮아도 하는 습관
별것 아닌 것에
진심을 담는 습관.

부단히 좋은 습관을
몸에 배게 하려 해도
몸은 자기 편한 대로 움직인다.

운동에 실패하는 많은 사람이
그런 이유 때문일 거다.

해도 해도 쉽지 않다.
하지만 해도 해도 힘든
그 과정에서 나는 강해진다.
하다가 중단했어도 괜찮다.
다시 하면 된다.

조금만 더 해보자.
하루만 더 한 달만 더
일 년만 더 해보자.

그렇게 다시 나를 일으키는
습관을 들이면 된다.
더 하다 보면 잘하게 된다.

창 의 적 인
노년,

생 산 적 인
노년
으로.

요리는 하지 않는다.
재료만 먹는다.
쌀 대신 구황작물, 씻어서 익히면 끝.
조리는 두 단계를 넘지 않는다.
뱀과 개를 빼고 못 먹는 음식은 없지만
하루 두 끼, 필요한 것 외에는 먹지 않는다.
6시 이후에는 물만 마신다.
저절로 간헐적 단식이 된다.
수십 년 지속한 습관이다.

옥탑 작업실은 너무 좁아
미니 냉장고를 놓을 자리도 없다.
덕분에 먹는 게 더 간단하다.
오지에 여행 온 기분도 든다.
나의 생존력을 테스트받는 느낌?

근력 운동한 날은 감자와 계란을 필수로 먹는다.
감자와 계란을 같이 먹으면
단백질이 더 잘 합성된다.
고기를 즐기지 않는 내겐 딱이다.
먹을 수 있다면 모든 건 껍질째 먹는다.

먹고 사는 일이 쉽지 않은데
나는 많이 먹지 않아도 되니까
뺏어 먹을 필요 없고,
훔쳐 먹을 필요도 없다.

참 다행이다.

서울에서 살 때 나는 초콜릿 중독이었다.
하지만 시골로 내려온 뒤 초콜릿을 찾지 않게 되었다.
단 음식을 찾는 건 분명 스트레스와 밀접한 관련이 있다.
불안, 결핍, 우울, 불만족 등
쌓이고 쌓인 감정들이 초콜릿을 당기게 했을 것이다.

풀벌레 소리에 잠들고 새소리에 일어나서
종일 해를 보고 일을 한다.
그야말로 속 편하다.

초콜릿 중독에서 해방되고 나서 단맛이 싫어졌다.
맛있는 음식을 일부러 찾아다니지 않는다.
맛없는 맛을 즐긴다.
맛없는 맛에 익숙해지면
먹을 것과 먹어선 안 될 것을
자연스럽게 구분하게 된다.

먹는 것만 단순한 게 아니다.
입맛이 단순해지면 오감이 예민해진다.
특히 후각이 더욱 예민해진다.
자연스럽게 몸이 좋지 않은
화학 향에 매우 민감하게 된다.
화학 계면활성제가 들어 있는
비누, 샴푸, 쓰지 않은 게 몇 년째.
별일 없으면 물로만 씻는다.

비누에 대한 기준이 까다롭다.
겨우 스킨로션 바르는 게 끝.
먹는 것보다 피부로 흡수되는 독성물질이
더 많다는 걸 안 이후로 오래 지켜온 습관이다.
빨래도 독한 향이 나는 세제나 린스 쓰지 않는다.
자연스럽지 않은 모든 냄새에 몸이 바로 반응한다.

별 꼴값을 다 떤다고 하겠지만
건강한 습관이 몸에 배면
면역이 좋아지고 병원비가 안 든다.
오래 사는 것을 축복이 아닌 형벌로 느끼지 않으려면
건강 나이에 신경 써야 한다.
사는 동안 건강하게!

조리한 음식을 먹지 않고
재료를 먹으면 좋은 점이 많다.
음식 만드는 시간이 절약된다.
살아 있는 음식을 먹을 수 있다.
미각이 단순하고 예민해진다.
설거지할 필요가 없다.

음식 쓰레기가 적게 나온다.
독소 배출이 쉽다.
위장도 간도 과로하지 않는다.
적은 식비로 생계유지 가능해서
가난에 대한 두려움도 적어진다.

혼자 밥 차려 먹지 못해서
다른 사람에게 의존할 필요 없다.
의존하지 않는 습관이 생기면
혼자서도 잘할 수 있다는
자신감이 생긴다.

불필요한 음식에 무관심해진다.
과체중으로 고민하지 않는다.
음식으로 인한 병이 줄어든다.

불편한 점도 있다.
식사 약속이 부담스럽다.
밖에 나가면 밥 먹기 힘들다.
그리고 또 뭐가 있을까?
그것 말고는 잘 모르겠다.

불편한 점보다는 좋은 점이 많으니
이대로 먹고 살아보겠다.

참! 나는 비건 아니다.
이렇게 먹고 몇 살까지 사는지
관찰하는 건 그대들의 몫.

사실
사람에게는

많은 음식이

필요하지
않다.

내가 아는 허은순

나는 허은순 선생님의 첫 번째 '띠봉이'다. 직장 생활을 졸업하고 50이 넘은 나이에 사업을 시작했지만 세상은 냉담했다. 답도 기회도 보이지 않던 시기에 만난 선생님은 사람과 상품에 대한 가치를 깊게 들여다보셨고, 조언과 지지를 아끼지 않으셨다. 덕분에 늦깎이 사업가는 성장을 배우고 처음으로 꿈을 꾸게 되었으며, 이후 같은 뜻을 가진 사람들이 모여 '라익순 비즈니스 멘토클럽'이 탄생하게 되었다.

선생님에게는 순수한 열정과 지혜로 많은 사람을 끌어당기는 특별한 힘이 있다. 그분의 놀라운 통찰력과 무한한 영감을 담고 있는 이 책은 세상이 두렵고 지칠 때마다 힘이 되어주고, 누군가에게는 도전을 격려하는 따듯한 박수가 될 것이다. 그러니 의지하면서 힘을 내보자!

(주)부드와서울 그란디디에 대표 유효영

4장

공간이
나를 만든다

이 촌집은 내 집이 아니다.
요양할 집이 필요해서
전세로 얻어 8년째 사는 중.
집 안을 리모델링하고 정원을 가꿨다.
이사 갈 때가 되니 아까워서 어떡하냐고 한다.

내가 사는 동안 행복했고 건강을 되찾았으니
내가 들인 돈과 시간은 결코 아깝지 않다.
집주인도 이곳에 돌아오면 나처럼 행복할 거다.

이사 갈 집을 찾고 있지만
맘에 드는 집을 찾기 어렵다.
이 마을처럼 아름다운 마을은 없다.

걷고 달릴 수 있는 동네가 필요한데
아무리 찾아도 이런 동네를 찾을 수 없다.
이 마을을 떠나기 전에 실컷 즐겨야지.

내 집은 어디인가?
찾아다니다가 오늘 하루, 해도 저문다.

사람이 살았던 집이 좋다.
먼저 살았던 사람의 흔적 위에
내 이야기를 더하는 느낌?
팔기 위해 지은 집은
속을 알 수가 없어서 불안하다.

주민등록초본에는 이사 다닌 이력이 빼곡하다.
참 평탄하지 않은 삶을 살았다.
이번에는 어디로 이사 갈지
어떤 삶이 기다리고 있을지 기대된다.
분명한 건 지금까지 해왔던 것보다 더 잘할 수 있다.
바닥 찍고 일어났으니까
뭘 해도 더 나빠질 게 없다.
맷집도 좋아졌고 두려움도 없다.

결핍, 후회, 절망, 실수…
그 어떤 것도 나를 끝장내지 못했고
오히려 그 모든 것이 지금의 나를 만들었다.

50부터 모든 것을 다시 시작한
이 아줌마를 봐서라도
그 어떤 것도 포기하지 말자.

첫눈에 알아봤다.
나를 위해 준비된 집이라는 걸.

비가 스산하게 내리던 날
이 집 마당에 들어섰을 때
엄마같이 나를 기다리고 있었다.
살았다 싶었다.
한 달 동안 집 고치고
엄동설한에 이사 왔다.

맘에 드는 집은 세 번 본다.
특히 날이 좋지 않을 때 가본다.
날이 좋을 때 보이지 않는
단점들을 볼 수 있다.

특히 시골집과 땅은
겨울에 보러 다녀야 한다.
겨울에는 모든 것이 드러난다.
화장 안 한 민낯의 여인처럼
꽃 피고 화창한 날은
화장한 여자와 같다.

나뭇잎 떨어지고, 가지만 앙상할 때
산도 땅도 집도
비로소 민낯을 볼 수 있다.

추워서 다니기 힘들지라도
단점이 그대로 드러나 있을 때
우리 눈이 멀지 않을 수 있다.

오늘같이 비 오고 우중충한 날 맘에 들었다면
화창한 날이야 말해 무엇!

나를 기다렸던 집은
나도 한눈에 알아볼 수 있다.

내가 찾던 집은
내가 오래도록 꿈꿔온 일들이 가능한 곳.
나 한 사람만을 위한 집이 아닌
많은 이를 기쁘게 할 집
내 인생의 다음 단계를 밟을 집.

땅 넓고 오래된 집이 있는 것,
땅 작고 새집이 있는 것.
전원주택 단지에 있는 것,
원주민 마을에 있는 것.
오늘 본 집들을 요약하자면
크게 이렇게 구분할 수 있다.

땅 300평에 앉아 있는 낡은 집으로
내가 이사 간다면 보나 마나
뼈 빠지게 일을 해야 할 거다.
상상이 현실이 되고 나면
내가 환갑이 다 돼가겠지.
집 하나 매만지며 가꾸는데
2~3년은 걸려야 자리가 잡힌다.

땅 파고 삽질할 에너지를
이제는 다르게 써야지 싶은데
굳이 육체노동을 자처하는 것은
그것이 내가 회복된 원동력이자
내 건강을 지키는 최후의 보루가 되지 않을까
그런 생각이 들어서다.

건강해졌다고 그동안 지켜온
삶의 방식을 버릴 수는 없다.
어디로 이사를 가든 나는 달릴 것이고
흙을 만질 것이다.

반환점 찍고 돌아온다 치면
5킬로미터 달릴 길이 필요하다.
흙을 만질 최소한의 땅
나의 조건은 두 가지가 우선이다.

이 집에 사는 8년 동안 나는 야생마가 되었구나.
이제는 우리 안에 갇히지 못하는구나.

시골집 구하러 다녀본 사람들은 알겠지만
모르고 당하는 수 많다.
팔 수 없는 집이 매물로
나오는 경우가 적지 않다.
제대로 지은 집 찾기 어렵고
북향집은 왜 이리 많은지.

전원주택 단지 안에 있는 집이라도
맹지인 경우가 있다.
도로가 정확한지 지적도를 반드시 확인할 것.
부동산에서 맹지 아니라고 해도
지적도상 도로가 없다면
위험한 물건이니 패스해야 한다.
싸게 나온 집은 길이 엉망이거나
대수선이 필요한 집이 대부분이다.

시골집은 길이 안 좋으면
겨울에 눈이 안 녹아 갇히는데
그건 그 마을 사람들이 아니면
잘 모르니 속기 쉽다.
날림 공사를 확인하지 않으면
겨울엔 난방비 폭탄.

숲세권 좋아했다간
습기 때문에 후회할지 모른다.

자고로 사람 사는 집은
해 잘 들어 양명하고
바람 잘 통해야 하는데
자본의 논리로는 지켜지기 어려운 일이다.

겨울에 따뜻한 집도 중요한데
요즘은 기후 변화 때문에
여름에 시원하고 습하지 않은
집을 찾아야 한다.
그런 집 찾는 것이 너무 힘들다.

마음에 쏙!
아주 쏙 드는 집을 찾았었다.
봤던 중에 가장 완벽하게
리모델링된 구옥이었다.
서까래가 나를 미치게 하는
내가 공사해도
그만큼 잘할 수 없겠다 싶을 정도로
잘 고쳐진 구옥이었다.

이 집 고친 사람은
나같이 까탈스런 사람이 틀림없다.
내가 꿈에도 그리던 차실까지
어느 것 하나 맘에 안 드는 게 없었다.

그런데 그 집은 주택공시지가가 턱없이 낮았다.
아무리 리모델링을 잘했어도
경제적인 관점만 보는 은행은
집 가치를 별로 쳐주지 않는다.
그 집은 돈 주고 살 만한
경제적인 가치가 없다고 했다.
내가 돈이 많아서 그런 집 한 채쯤 있어도
아무 지장이 없으면 모를까.

돈 계산 안 되는 나는
나보다 더 똑똑한 사람의 말을
받아들여야 한다.
아무리 내 눈에 보기 좋아도
똥고집을 피우면 망한다.
내게 조언하는 사람 마음
아프지 않게 깨끗이 접었다.

나는 어디를 가든지
새로운 세계를 개척할 거니까
다시 일구면 된다.
내 손으로 땀 흘려서
한 땀 한 땀 다시 만들 것이다.

쉽게 가는 길은 아무래도
내 길이 아닌가 보다.
손 안 대고 몸만 들어갈 수 있겠다고 좋아했는데
개꿈이었다.

다시 집 보러 간다.
아싸라비오!

4시 30분에 눈을 떴다.
어둠이 아직 걷히지 않은 시간.
납작 엎드려 기도한다.
기도하다가 졸 때도 있다.
그러나 하나님 아버지는 너그러우시다.

1년을 돌이켜보니 감사한 일이 너무나 많아
일일이 세기가 어렵다.
한 해 마무리를 앞두고 이사 갈 집까지 정해졌다.
나를 기다리고 있는 집을 양평이 아닌 가평에서 찾았다.

2년 동안 양평에서만 뒤졌는데
찾다 찾다 지쳐서 포기했는데
아무 기대 없이 가본 가평에서
내 집을 찾게 될 줄이야!

하도 집을 많이 봤더니
이 집을 보는 순간 그림이 그려졌다.
'이 집이다!'
내 앞에 또 다른 세상이 기다리고 있다.

나는
어디를 가든지

새로운 세계를
개척할 거니까

다시 일구면
된다.

실행력 갑이라는 말을 듣는 나도
큰일을 앞에 두고는 고민하고 또 고민한다.
곧 이사 갈 가평 낡은 집을 손봐서
일을 벌여보려 한다.

갤러리와 클래스를 할 공간,
나의 콘텐츠를 공유하고
소규모 모임도 할 공간,
나는 그런 공간을 원했다.

내 한 몸 누울 집을 찾으려 했다면
2년 동안 200곳 이상 찾아 헤맬 필요가 없었을 거다.
공간 일부를 활용해 내 콘텐츠를 만들 수 있고
힐링할 수 있는 공간.
그런 공간을 만들 수 있는 집을 찾았다.

문제는 공사하는 거다.
꿈으로 끝날 수도 있겠지만
도전은 해봐야지.

생각보다 빨리 이사 간다.
다음 주 바로 잔금 치르면 이제 그 집은 내 집이다.
리모델링 구상은 이미 끝났다.
바닥재로는 장판을 좋아한다.
본드를 덜 써도 되고
맨발로 걸어도 딱딱하지 않기 때문이다.

원목마루 못 깔 바엔 나무 느낌 장판이 아주 좋다.
강마루나 강화 마루는 맨발로 바닥을 걸을 때
쿠션감이 전혀 없다.
미세한 차이라도 발바닥뼈나 관절에
딱딱한 바닥은 좋지 않다.

이번에는 전 주인이 살던
흔적을 이용하려 한다.
그 위에 내 스타일을 얹을 거다.

새것도 좋지만 오래된 집의 느낌을
완전히 없애진 않을 거다.

가능한 한 덜 손대고
가능한 한 자연스럽게.

이 집은 1995년생이다.
미대 교수가 지었다.
벽면 처리를 이렇게 한 걸 보면
미대 교수의 감각이 느껴진다.

그때 이런 벽면 처리를 하는 건
흔치 않은 일이다.
거실뿐 아니라 온 집안 전체를
일일이 미장으로 마감했다.

도배보다 훨씬 힘든 공정이 페인트칠이다.
페인트칠하는 것보다
손으로 흙을 발라가며 하는 미장이 훨씬 비싸지만
벽면을 입체감 있게 살릴 수 있다.
벌써부터 재미있다.

이 집의 두 번째 주인은 노부부였다.
꼼꼼히 손 봐가며
집에 정성을 많이 쏟았다.
욕실은 손 댈 게 하나도 없다.

벽돌로 TV 거치대와 벽난로를 만들었는데

나는 TV가 없고,

내 취향이 아니므로 모두 철거.

거실에는 3면에 창이 있어 해가 잘 든다.
가능한 돈 들이지 않고
살릴 건 살려서 고칠 거다.

내 취향이 럭셔리가 아니라 다행이다.
이 집은 뻔한 구조가 아니라서
재미있다.
뻔한 거 쉬운 거 재미없다.

양평 집을 리모델링한 지
8년이 되었는데도 아직 깨끗한 까닭은
친환경 자재와 마루보다 비싼 장판.
그렇다! 돈이 많이 들어간 덕이다.
그러나 이번에는 돈이 없다.

단열에 돈을 쓰는 대신
창호는 중고 창호로 물색 중이다.
모델하우스에서 철거한 창호를 알아봤다.
필요한 자재를 검색하면 못 구하는 것이 거의 없다.
딱 맞는 창호가 아니어도 된다.
중고창호 크기에 맞춰
벽을 더 털거나 메꾸면 된다.
창호 공사가 끝나야 다음 일이 진행된다.
집 고칠 생각에 신이 난다.

창의적인 일은 언제나 내 가슴을 뛰게 한다.
막노동은 내 체질.

집 짓고 인테리어 하는 일로
먹고 살아보려 했다.
하지만 나는 돈 계산을 잘 못하고
나한테 일 맡기려는 사람들은
계산이 빠르고 영악했다.

견적 내주면 토끼고
어떻게든 이용해 먹으려 했다.
몇 번 당하고 나서
이걸로는 먹고 살 수 없다는 걸 알고 때려치웠다.
좋은 자재를 쓰고 자시고
사람들은 알아주지 않는다.

한동안 손 떼고 있다가
이렇게 집 고칠 일이 생기니
물 만난 고기 마냥 즐겁다.

이번엔 돈이 없어서
어지간한 일은 내가 한다.
운동한 보람이 있다.

집 안의 벽돌은 내 취향 아니다.
벽돌로 쌓은 벽난로가 너무나 단단해서
철거하는 데 아주 애먹었다.

난공불락의 성도 허리를 공략하면
무너진다는 신념으로 망치질을 한다.

다 부수고 보니
굴뚝 안은 말벌 소굴이었다.
게다가 흙이 꽉 차 있었다.
알 수 없는 취향이다.
벽난로만 있으면 열이 퍼졌을 건데
흙이 꽉 차 있으니 열을 가둔 거다.
벽난로가 제구실을 못 했다.

이 벽돌은 재활용 예정.
벽돌 그까짓 거 얼마나 한다고
귀찮게 이걸 다시 쓴다고?
뜯어낸 벽돌은 새 벽돌과 다른 맛이 날 거다.

리모델링 현장에는 언제나 변수가 있다.
뜯어보기 전까지는 알 수 없는 미지의 세계다.

리모델링해야 하는데
쉽게 실행하지 못한다면
일단 철거할 것!
뜯고 나면 막막하지만
일은 벌여놔야 수습도 하는 법!

몸 쓰는 일은 분명 힘들지만
단순한 삶을 살 수 있고
쾌감도 최고다.

현장 사람들과는 그럭저럭 소통이 잘 된다.
내 머릿속이 일당 계산으로
자재비 계산으로
안 돌아가는 짱돌을 굴려도
이분들의 셈은 간단하다.
왔으면 무조건 하루 일당을 드려야 한다.

계산 잘 안 되는 나는
짱돌 굴리는 거 포기하고
열심히 돕는 것이 상책.

내 딴에는 무지 힘쓴다 해도
못하는 일이 쌔고 쌨다.
그럴 때마다 나의 한계를 부서뜨리고 싶지만
내가 무너질 때가 더 많다.

많이 부서지고 깨졌다 생각했는데도
아직도 남아 있는 못된 본성.
얼마나 더 부서져야 하는 건지.
한숨이 나올 뿐이다.

조각 장판을 깔아놓은 방바닥은
하나씩 떼어내야 한다.

바닥 전체를 본도로 발라놓은 탓에
여간 힘이 드는 게 아니다.
본드 칠한 바닥재를 긁어내고
미장을 하려고 하니
바닥을 박박 긁어내야 한다.

하필 바닥 박박 긁는 날
내 속을 박박 긁는 일이 생기는 건
장판의 복수인가? 본드의 도발인가?

그렇다!
사람도 바닥 드러나는 건 한순간이다.
마음 바닥을 잘 닦으려 해도
긁히는 날이 있다.

몸 쓰는 일에 집중하면
다른 생각할 새가 없다.
정신 팔았다가는
째지고 찔리고 피 난다.

몸 쓰는 일이 좋은 건
내가 가진 인내력의
한계를 알 수 있어 좋다.

이 일이 밑바닥 일이라고 말하지만
그건 모르는 소리!
그 어떤 것보다도
숙련된 기술이 필요하다.

내가 아무리 일을 잘한다 해도 흉내만 낼 뿐
이 바닥에서 잔뼈 굵은 노동자들 눈에는
내가 깔짝거리는 걸로 보일 게다.

공사 현장을 뛰어다니면 묘한 쾌감이 있다.
오케스트라를 지휘하는 지휘자가 된 기분이다.
각자 다른 악기들의 소리를 하나로 어우러지게 하는 맛.

빚을 갚아야 하는 피할 수 없는 상황에서
해내야만 했던 집 짓는 일.
건축물은 역사에 남았지만
내 인생 가장 뼈아픈 결과를 남겼던 ND 프로젝트.

죽 쒀서 개 준 꼴이 된 후,
다시는 집 짓지 않겠다고 결심했다.
하지만 먹고 살려니
다시 건축 현장에 뛰어들었다.

전원주택 단지 모델하우스를 기획하고
디자인한 것이 센세이션을 일으켰다.
하지만 그 현장에서 쫓겨났다.
일이 잘돼도 나까지 잘되는 건 아니다.

그래도 헛고생은 아니었다.
뼈아프게 터득한 경험이
지금 내 집을 고치는 이 자리에서 빛을 발한다.

세상에 쓸모없는 경험은 없는 거다.
그 일 때문에 내가 잘될는지 잘 못 될는지
그때는 알 수 없다.
시간이 지나 보면 알게 된다.
눈물 젖은 빵 맛을 봐야 크림빵 먹을 날도 온다.

글 쓰는 일이 나의 본업인데
먹고 살려다 보니
옷도 만들고
집도 고치고
영상도 만들고
모델도 하고
그렇게 나는 시니어 N잡러 대표 아이콘이 되었다.

걸레받이를 걷어낸 자리
레미탈을 물에 개서 미장한다.
옛날 집은 걸레받이도 원목이다.

바닥 몰탈 전에 걸레받이를 시공한 탓에
뜯어낸 자리에 틈이 생겼다.
1센티미터 빈공간을 레미탈로 꼼꼼히 채워 넣는다.
이건 나도 처음 해본다.

내가 은근히 일머리가 있다.
원리만 알려주면 곧잘 따라 한다.

레미탈은 모래가 섞여 있어서
물만 부어 쓸 수 있다.
요즘 재료들은 쓰기 편하다.

창문은 사람으로 치면 눈이다.
집 디자인에 결정적인 요소다.
지나치게 크거나 많으면
집이 어벙해 보이고 춥다.
이 집은 가장 중요한 거실 창이 엉터리방터리.
돈이 창문으로 새고 있었다.

일류 브랜드 샷시 제작 공장에
직접 맡기기로 했다.
현실적이고 합리적인 디자인과 견적을 선택했다.

자재가 아무리 좋아도
시공이 정확하지 않으면 돈이 새는 거다.

꼭 기억해야 할 것은
창문 단열 문제는 창틀도 중요하지만
유리가 더 중요하다는 사실.

로이 유리도 원리를 알고
적절한 것을 선택할 것.
시스템 창호인 경우 프로파일과 단열간봉 등
하드웨어를 꼼꼼히 점검할 것.

창틀과 벽 사이에 기밀 테이프를 쓰면 더 좋지만

시공자 대부분은 잘 모른다.

우리 집 창호 공사팀, 띠봉!

———

창문은
사람으로 치면

눈이다.

집 디자인에
결정적인
요소다.

나는 도배를 하지 않는다.
실크 벽지는 벽지 자체의 화학성분과
본드 시공 때문에 하지 않는다.
아토피 알러지가 있다면
반드시 친환경 도료로
실내 전체를 칠하기를 권한다.
시공한 날 잠을 자도 좋을 정도로
좋은 재료가 개발되어 있다. 만세!

우리 집에 다양한 재료를 실험해볼 작정이다.
바닥도 장판 시공 대신
황토를 주원료로 개발한 휘게로 미장으로 마감할 거다.
보일러 난방 때문에 크렉이 예상되지만
그래도 실험해보고 싶다.

특별한 공간을 만들고 싶었다.
우리 공예의 꽃과 같은 나전칠기 자개장을
온전히 간직할 수 있는 방

낡은 것으로 취급되어 버려지는
우리 공예의 꽃이
다시 피어나게 할 수 있는 공간.
동서양의 조화면 더 좋겠지.

유럽 감성이 물씬 풍기는 천연 미장재로
색을 만들고 여러 차례 실험을 했다.
이거다 싶은 색이 나오지 않아 애먹었다.

벽은 오트밀색 나는 아이보리로,
바닥은 초코우유 같은 색을 만들어 미장했다.
마르고 나면 빈티지한 색으로
변할 것을 예측해야 했다.

내 맘에 드는 자개장이 나타나기까지
얼마나 오래 기다렸는지!
내가 오래도록 찾던 스타일.
장수도가 펼쳐진 명작이다.

머리카락처럼 가는 자개실로
눈물처럼 한 방울 한 방울 끊음질 기법이 눈부셨다.
그 어느 나라의 앤티크보다 정교하며 기품 있다.
이런 아름다운 유산들을
자녀 세대들이 기억해주길 바라는 마음으로
어떤 할머니가 쓰시던 자개장을 가져오기로 했다.

이것이 언제까지 남겨질지 모르겠지만
누군가는 남겨두어야 하니까
그때까지는 내가 보관하겠다.

컴파운드(핸디코트)로
걸레받이 떼어낸 자리를 메꾼다.
이거 가지고 메꿔질까?
의심스러웠는데 꽉꽉 눌러 메꾸면 된다.
좀 더 빨리 마르게 하려고 Fast set을 섞었다.
못 자국이나 콘크리트 땜빵에 자주 쓰는 재료다.

밀가루 반죽 치대듯 찰지게 반죽한다.
먹는 건 안 해 먹는데
내 집이니까 치대는 일도 신바람 난다.
거짓말이다.
손목 아프다.
내가 왜 이 짓을?
누가 시키면 못 한다.

벽돌 사이사이 구멍에
꾹꾹 쑤셔 넣고 문대준다.
한 번 발라서 마르면, 한 번 더!

오래된 집을 뜯으면 반드시 변수가 있다.
눈에 안 보이는 배관은 반드시 점검해야 한다.
전 주인은 화장실 바닥이 물이 새지 않는다고 했지만
지하실 천장 뜯어보니 질질 새고 있었다.

설비 불렀더니 160만 원 불렀다.
내가 수긍하지 않으니
나더러 뭘 모르는 거 같다나?
동네 철물점에서 만난 다른 업체는
견적 40만 원, 콜!

문제점을 정확히 파악하면
돈이 새지 않는다.
"까세요!"
원인이 분명하면 망설임 없다.
깨보면 확실하다.

돈 아끼려고 꼼수 부리면
나처럼 뒷사람이 독박 쓴다.
욕실 공사의 기본도 모르는
사람이 하면 이런 탈이 난다.
깨서 원천 봉쇄하기로!

욕실 바닥을 까보니
화장실 덧방하면서
배관을 올려놓지 않았다.
이렇게 해야 변기물이 안 새는데
뭔 정신으로 배관을 안 빼놨나.

배관 공사하는 아저씨가
나도 몰랐던 팁도 알려주셨다.
변기 앞부분을 살짝 올리면
압력 때문에 변기 물이 더 잘 내려간단다.
나도 또 하나 배웠다.

변기 막혀서 별짓 다 해봤는데
이제는 좀 딱딱해도 괜찮겠다.
나만 반가운 건 아니겠지?

황토가 건강에 좋다는 건
누구나 알고 있는 사실.
그런데도 내가 황토로 시공하지 않은 까닭은
답답한 색깔 때문이었다.

그 고민을 말끔하게 해결해준
휘게로로 벽면은 미장하기로 했다.
우선 색깔 테스트.
올리브 그린과 밀크 브라운으로.

숙성 황토는 결로와 습기,
유해 물질을 제거해준다.
시멘트가 아닌 석회라 안전하다.
천연 광물질로 만든 안료를 섞어서 색을 만들었다.

개인 욕실이 있는 가장 밝고 전망 좋은 방은
휘게로 유럽 미장으로 독특한 분위기 낼 거다.
프랑스 100년 넘은 엔틱 침대를 놔서
유럽 여행 온 기분도 낼 거다.

휘게로는 돌가루가 들어가 있어서
표면 질감이 살짝 거칠면서 자연스럽다.
건식 욕실이라면 타일 대신
이 재료를 써볼 만하다.

마르고 나면 색이 밝아지니
색을 만들 때 발라보고
마른 뒤 색을 꼭 확인하자.

한 가지 색으로만 발라도
농도에 따라서 충분히 다르게 보이는 질감이 멋스럽다.

한겨울에도 환기는 필수.
춥다고 환기 안 시키면
결로와 곰팡이는 피할 수 없다.

그다음에는 덤프록을 바른다.
특히 지하실은 습기 때문에
곰팡이가 많이 생긴다.
우리 집 지하실 천장도 곰팡이 천지였는데
다 긁어냈다.

곰팡이를 제거하지 않고 페인트를 바르면
곰팡이는 다시 올라온다.
곰팡이는 반드시 긁어내고 충분히 말린 뒤에
덤프록을 발라줘야 한다.

10여 년 전 집 지을 때
콘크리트 실내 바닥 전체를
덤프록으로 시공한 적이 있다.
보일러 때면 올라오는 냄새 차단하고
라돈가스 침투 방지에 탁월한 방수 효과까지 있어서
누이 좋고 매부 좋고!

이번 공사에서 가장 애먹은 건
벽면 긁어내는 작업이었다.
페인트 도장을 위해 피할 수 없는 작업이다.

덤프록은 하도제 역할도 한다.
페인트 도장 전에 덤프록을 바르면
하도제를 따로 칠하지 않아도
페인트가 잘 올라간다.
물론 덤프록을 발라도
환기시키는 건 잊지 말자.

환기시키는 건, 내 건강에도 필수,
집 건강에도 필수다.

장판에서 원목마루로 계획 변경
발바닥에 닿는 나무 느낌 굿!
우리 집은 친환경 자재 실험 중이다.
내가 살 거니까 하자가 나도
내가 감수할 작정이다.

쉐브론에 꽂혀서 그만 지르고 말았다.
코를 대고 냄새 맡아도 나무 냄새만 날 뿐
다른 독한 냄새가 안 나서 바로 결정했다.

시공 직후 냄새가 난다면 베이크 아웃시키면 된다.
보일러를 마구 돌려서 환기시키란 뜻이다.
생각보다 빨리 냄새가 없어져서 바로 이사했다.
황토 미장 덕에 냄새 흡수에 도움이 컸다.

바닥 색깔을 톤다운했더
유럽 미장과 원목마루가 잘 어울린다.

원목마루 깔았더니
멋 제대로다.

불편한 건 참아도
디자인 파괴는 못 참는다.

결국 건조기와 세탁기를 팔아버렸다.
내 비록 살림은 안 할지라도
큰맘 먹고 부엌 디자인에 얼마나 공을 들였는데
저꼴로 망가지는 건 참을 수가 없다.

손 대지 않았으면 몰라도
내가 손 댄 이상 내 맘에 들 때까지
제자리를 찾을 때까지
위치 이동은 멈추지 않는다.
양평 살 때도 가구 위치는
변화가 필요할 때마다 바꿨다.

나에게 변화는 일상이고 즐거움이다.
고여 있는 웅덩이로 살기 싫다.
차라리 돌멩이라도 던져다오.

바람 불고 태풍이 몰아쳐
내 삶이 흔들릴지라도
나는 고인 물로 살기 싫다.

나를 보고 부러워할 거 없다.
사는 거 고달프다.

물론 나는 드라마틱한 경험을 즐기지만
그건 나의 DNA에 흐르는 야성의 피?
아니면 후천적인 환경의 결과?

뭐가 어떻게 됐든
변화는 계속될 것이고
나는 고인물이 아닌
넘쳐 흐르는 물로 살 것이다.

왔다!
싱크대가 왔다!
살았다!

기쁨도 잠시
이 집이 오래된 집이라
인덕션 전압이 안 맞는단다.
오래된 집이지만 흠잡을 게 하나도 없는데
새 인덕션과 전압이 안 맞다.
간단히 끝날 문제가 아니라고
내년에 해결해주신단다.
뭐든 한 번에 해결되지 않는
옛집의 매력!

세탁기가 안 들어가서
개고생시키더니
이번에는 인덕션 네 차례?
하지만 나는 적응력 만렙
안 되는 건 없다.

95년생과 집과 67년생 순이의
만남 한번 참 스펙타클하다.

연세 많으신 집에 내가 맞춰야지.
세대 차이를 극복하는 건
집도 사람도 어려운 일이다.
그러나 극복하고 화합하면
환상의 조합이 될 거다.

몇 년 전에 전원주택 모델하우스 디자인할 때
설치했던 원목 싱크대로 결정.
싱크대는 눈에 띄지 않게
그러나 자세히 볼수록 은근히 드러나게 디자인하는 것이
나의 컨셉이다.
자재도 워낙 좋지만
설치 솜씨는 짜 맞춤 가구 수준.
뒷정리까지 완벽했다.

드러나지 않게 드러내는
요즘 말로 꾸안꾸
그런 부엌을 만들었다.

내 인테리어에서 빠지지 않는
아이템은 미송 창호지 문이다.
공간을 분리할 때 독특한 분위기를 낼 수 있다.

미송의 색깔과 결을 살리려면
사포로 표면을 갈아낸 뒤 바니쉬를 바른다.
마르고 나면 곱게 갈았던
나무 표면이 다시
거칠게 일어난다.

다시 한 번 사포로 갈아낸다.
나무 살 사이사이 정성껏 갈아내고
가루를 닦아낸다.

바니쉬를 한 번 더 바른다.
마음이 급하면 칠도 거칠어지고
눈물 자국도 많이 생긴다.

뿜칠을 하면 일이 쉽지만
도 닦는 마음으로 붓칠을 한다.
쓱쓱 붓칠하다 보면 기분이 좋아진다.
화가들이 이 맛에 그림을 그리나 보다.

붓질은 정신 건강에도 좋다.
눈물 자국이 생기지 않게
손목에 힘 빼고
붓이 가는 대로
느긋하게 칠한다.

조명이 비추는 곳에는
그림을 걸 것이다.

집은 갤러리로 변신해서
단 한 사람만이 오롯이
그림과 마주하게 될 거다.
그날을 기다린다.

벽 1차 칠을 완료했다.
방바닥은 곰팡이 예방을 위해 덤프록을 두 번 발랐다.
벽에 프라이머를 바른 뒤 벨라 리시오로 미장했다.
대리석 느낌을 낼 수 있는 특이한 미장재다.

공간 분리를 확실하게 하려고 짙은 청록색을 골랐다.
두 번 바르고 흙손으로 문지르면 대리석 느낌이 난다.
인건비 억수로 들어간다.

2차 미장하기 전 마음이 바뀌어서
황토 미장으로 덮기로 했다.
이 색 저 색 실험하다가
갑자기 2024년 펜톤컬러 피치퍼즈를에 꽂혔다.

피치퍼즈와 가장 가까운 색을
페인트 컬러 차트에서 찾았다.
이번에는 확신이 왔다.
다 칠하고 나니 너무나 맘에 든다.

친환경 컬러 코디네이터 교육받은 보람이 있다.

이사한 지 두 주가 지났다.
하지만 아직도 틈나는 대로 공사 중이다.
옛집의 흔적 위에 나의 스타일을 얹는다.

회색 중문 디자인이 나이 들어 보이지만
설치한 지 얼마 되지 않아 보여
내가 적응하기로 했다.
대신 밝은 색으로 페인트칠해서
현관 분위기를 밝게 바꿔주기로 했다.

현관 센서등을 아직도 못 골랐다.
공간에 어울리는 조명 디자인을 고르기가 어렵다.
방을 제외한 실내등은 깨끗하게 닦아서 그대로 쓴다.
레트로를 빙자한 돈 아끼기!

입구 바닥은 돌이 튀어나와 있어서
날 따뜻해지는 대로
미장할 거다.
돌담 분위기 나는 바닥으로 바꿀 예정이다.

건축 자재들을 보면 그 시대 유행을 볼 수 있다.
디지털 도어락이 달렸지만 없는 게

이 현관문에 어울린다.
단열은 생각보다 잘 되어 있다.
해가 워낙 잘 들기도 하고,
영하 19도에도 수도가 얼지 않았다.

양평 집은 영하 4도만 내려가도
수도꼭지를 틀어놔야 했는데
이 집은 추위에 강해서 다행!
처음 이 집을 지은 사람에게 고마운 마음이다.

그때는 돈 많이 들었을 텐데
잘 지어 논 덕분에 리모델링 하는 보람이 있다.
내가 더 아끼고 매만져주면
몇십 년은 더 끄덕없을 거다.

드디어 드디어 갈고 닦았던 창호 문 다는 날.
너무 커서 혼자서는 할 수 없다.
목수의 도움을 받아서 창호 문을 달았다.
이로써 개인 공간과 공용 공간 분리 완성!

창호지를 붙여 주려고 횡성에서 언니가 왔다.
일은 안 하고 입만 놀리는 까다로운 동생한테
풀 빗자루 던지지 않는 게 다행이다.
참견하고 싶어 손이 근질근질하지만,
창호지 붙이는 작업은
섣불리 건들면 망치는 예민한 작업이라 자제한다.

젖은 창호지가 마르면 팽팽하게 고정된다.
창호지의 단열효과를 응용하는 건축가들이 꽤 있다.
빛을 투과시키기 때문에
공간을 나눠도 어둡지 않은 장점도 있다.
무엇보다도 창호지 문이 있는 공간은 아늑하고 편안하다.

손님이 왔을 때 이 문을 닫아 놓으면
부엌이 보이지 않아 좋다.
이제 부엌만 정리하면
손님 맞이할 수 있다.

이 집을 결정할 때,
내 머릿속에는 이미 이런 날이 그려져 있었다.
예술이 일상이 되는 날, 집이 미술관이 되는 날.
바로 오늘 같은 날이다.

내가 이정인 작가에게 주목한 까닭은 단순하다.
그의 작품에서는 다른 어느 누구의 작품도
연상되지 않는다.
이와 비슷한 작업을 하는 사람은 없었다.

바닷가에서 호두나무를 채집해 생명을 불어 넣는다.
그의 호두나무는 물고기 떼가 되어 날아오른다.
나무를 너무나 사랑해서 작은 조각 하나도 버리지 못해
비늘을 입히고 눈을 그려넣어 물고기로 탄생시켰다.

제멋대로 생긴 물고기가 사람들을 위로한다.
웅어리졌던 마음에게 다가가 말을 건넨다.
에너지를 뿜어내며 솟구친다.
블랙홀같이 보는 사람들은 빨아들인다.

은하계를 유영하며 반짝이더니
밥그릇에서 튀어올라 놀라게 한다.

금빛 물고기떼가 바다를 금빛으로 물들인다.

작품을 들인다는 건 늘 벅찬 감동이다.
집이 미술관이 되던 날
나는 이정인의 물고기처럼
앞으로만 가기로 했다.

이정인 작가의 바닷가 물고기는
그의 인생에서 가장 힘들고 아팠던 시절에 시작되었다.
아픈 몸으로 가족들과 바닷가에 갔을 때
아이들이 가지고 놀던 오래된 나무 조각들이었다.
부러지고 닳아져 아무 쓸모 없던 나뭇조각들이었다.

아내와 어린 두 아들이 모아준 바닷가 유목들은
몇 년 동안 그의 작업실에서 묵혀 있었다.
그러던 어느 날 그는 그림을 그리기 시작했다.
바닷가 유목에 그림을 그리는 모습이
아내의 눈에는 가장 행복한 얼굴로 기억되었다.

버려지고 상처투성이 유목이 자신처럼 보였을 것이다.
나무를 물고기로 만들면서
너희는 이제 더 이상 버려진 나무가 아니야.
물고기가 되어 거친 파도를 헤치고 살아가렴!
그런 간절함으로 옷을 입혔겠지.
나무가 물고기가 된다는 건 불가능을 가능하게 하는 것!

바닷가 유목에 담겨진 메시지가 내게 큰 울림을 주었다.
기적으로 회복된 이정인은 우리에게 희망으로 다가온다.
그가 던지는 희망의 메시지에 우리가 답을 할 차례다.

더 큰 세상으로 이정인을 내보낼 때가 되었다.
메디치 가문이 있어서 거장들이 탄생했다.
우리는 돈도 없고 힘도 없지만
물고기 떼가 된다면 불가능한 것도 없다.

반려 물고기로 곁에 두고
이정인의 거친 바다를 함께 헤엄쳐 나가보자.
한강을 지나 동해로 더 넓은 태평양까지!
할 수 있魚!

아주 작은 물건 하나라도
내 맘에 들지 않으면 내 집에 들이지 않는다.
불편해도 맘에 드는 게 나타날 때까지 안 사고 버틴다.
그러다 보니 어딜 봐도 예쁘고 귀한 것들만 남았다.
사람이야 더 말해 무엇하랴!

나와 결이 맞는 사람들이 나를 찾아오고
나 또한 그런 인연을 귀하고 소중히 여긴다.
투명한 사람은 말투도 행동도 투명하다.
자신을 투명하게 내보일 줄 아는 사람은
인간관계에 있어 짱돌 굴리지 않는다.
눈빛과 말투, 행동에 꾸밈이 없다.
우리 집은 그런 사람들에게 활짝 열려 있다.

나이 먹을수록 친구를 만나기 어려운 건
모두가 비슷할 거다.
늦은 나이에 새로운 사람들에게 스스럼없이
마음을 열게 된 비결은 아무것도 바라지 않는 거다.
바라는 게 없으니 서운한 것도 섭섭한 것도 없다.

뭔가 바라는 마음 대신 뭘 해줄 수 있을까 생각한다.
나를 존중해 주면 고마운 일이고

그렇지 않다고 해도 괜찮다.
현재의 나를 만나는 건
지나간 나의 시간이 만들어온 결과를 나누는 것.

이렇게 결이 맞는 사람들이 만나면
인연이 우연이 아니라는 걸 알게 된다.
만날 사람은 만나게 되어 있다.
시간이 지나 보면 안다.

시간이 지날수록 깊은 향과
풍부한 맛이 나는 차처럼
인연도 그렇다.
그래서 세월 지나 봐야 안다.

나도 맛이 갈 수 있다.
그러지 않으려고 내 마음의
평화를 해치는 사람은 곁에 두지 않는다.

10년 전 조카와 큰아들을 데리고
유럽 각국을 두 달 넘게 돌아다녔다.
그때 나는 농업의 미래를 보았다.
문명이 발달하고 도시가 커지고 복잡해질수록
사람들이 한 곳으로 몰릴수록
농촌에 다른 길이 있는 거라 믿었다.

농사가 더욱 중요해지고
이전과는 다른 농업이 필요해질 거라고
이전과는 다른 먹을거리가 필요해질 거라고
젊은이들이 오히려 농촌 문제를
해결할 수 있을 거라고 믿었다.

10년이 지난 지금 그 생각은 점점 더 구체화되고 있다.
많은 사람과 경쟁하는 도시에서
자신이 목표하는 걸 이루는 것도 나쁘지 않지만
자족하며 사는 삶도 나쁘지 않다.

아들이 회사 생활의 어려움을 얘기할 때마다
시골에 내려와서 닭 키우고 염소 키우고
농사지어 먹고사는 거 어떠냐고 묻는다.

돈 번다고 시간 뺏기고
자식 키운다고 돈과 세월 다 쏟아붓는 도시 생활보다
자연 속에 묻혀 자연의 순리대로
가족들과 행복하고 소박하게 사는 것도
나쁘지 않다고 말한다.
며느리는 대찬성하는데
아들은 아직 도시가 더 좋다고 한다.

사는 방법이 꼭 한 가지만 있는 건 아니다.
귀촌해도 괜찮다.

돈 떨어지면 막막하다.
어디서 돈벼락은 안 떨어지는지
어디서 돈 들어올 데는 없는지 생각하다 보면
나는 그동안 돈도 안 모아놓고 뭐 하고 살았나,
그때 아량을 베풀지 말고 내 거 챙길 거 그랬나?
내가 잘했다고 생각한 일마저 후회가 든다.

걱정은 걱정을 물고 오기 때문에 끝나지 않는다.
돈 걱정 끊지 못하면 잘못된 선택을 할 수 있다.
차라리 그 시간에 내가 몸을 움직여 할 수 있는
일을 찾아보면 아주 없지는 않다.
단지 내 눈이 높아져 있어
그 일을 하기 싫은 게 더 큰 걱정일 뿐.

소송을 해야 온전히 내 돈을 받을 수 있다는 결론 앞에서
"소송은 원하지 않으니 다른 방법을 찾으세요."
그때 뭘 믿고 그렇게 말할 수 있었는지
지금 다시 생각해도 아찔하다.

소송이란 건 관계를 끝장내는 일이다.
져도 이겨도 큰 상처가 남는다.
사람과 원수가 되어 내 돈을 온전히 찾는들
그 뒤 내 마음은 평안할까?
차라리 양보하고 원수가 되지 않을 수 있다면
그 방법이 둘 다 살리는 길이 되지 않을까?

내 손에 있지 않은 것은 온전히 내 것이 아니다.
내가 가질 수 있는 만큼만 가지고 버리는 것도
나를, 내 마음을 지키는 일일 것이다.

돈을 벌 수 있다면
무슨 일이라도 할 수 있다고
생각하지 마라.

무슨 일이라도 할 수 있다는 비장한 결심은
오직 사람을 살리는 일에만 필요하다.

사람을 해롭게 하면서 버는 돈으로
집을 사고 건물을 사고 물려준들
나로 인해 피눈물 흘리는
사람들의 원성을 어찌할 것인가?

장사는 무언가 팔아서
이득을 남겨야 하는 게 당연하다.
이때 사람에게 해로운 것을 팔 것이냐?
사람에게 이로운 것을 팔 것이냐?
결정할 수 있다.

내 배 불리겠다고
사람을 병들게 하는 걸 판다면
그 인생은 결코 행복할 수 없다.

책 쓰는 일로는 먹고 살 수 없어
옷 만드는 일을 했는데
옷 만드는 일도 수월치 않다.
여러 가지 직업을 가진 게 다행이다.

돈 있는 사람들은
실버타운을 슬슬 알아본다는데
나는 이제부터 다시 일한다.
스릴 넘치는 인생이다.
30년 할부로 집을 샀으니
적어도 30년은 돈 벌어야 한다.
이 또한 스릴 넘친다.

사실 위대한 작가 중 빚을 갚아야 해서
책을 쓴 경우가 심심치 않게 있다.
톨스토이도 그랬다.
내가 그 급은 아니지만
어쩔 수 없이 빚이 생긴 시점에
책을 쓰게 된 절묘한 타이밍!
잘되려는 신호로 받는다.

노령화되는 사회를 걱정한다.
하지만 미래가 암울하다고만 생각하지 않는다.
인생 2막을 얼마든지 다르게 시작할 수 있다.
은퇴 이후에도 생산 활동을 할 방법이 있다.

별것 아닌 내가
릴스로 일상을 남기는 일도
누군가에게 도움이 되는데
나보다 훨씬 나은 사람들이 얼마나 많은가!

나보다 더 괜찮은 사람들이 영상을 만들면
나도 바짝 긴장하겠지?
아우, 스릴 넘쳐!

내가 화장 안 하는 건 게으름의 결과.
내 머리가 짧은 것도 귀차니즘의 산물.
화장하고 머리 만질 시간에
내가 하고 싶은 일을 하느라
이 스타일이 됐다.
화장품 안 사니 돈 안 들고
샴푸 안 쓰니 또 돈 안 든다.
돈 없고 귀찮은 덕분에 멋지다 소리 들으니
이보다 더 좋을 수가 없다.

돈이 없으면 불편하다.
그런데 이번에 이사를 하면서
돈 없는 것이 전화위복이 되었다.
내게 돈이 넉넉했다면 양평에서 집을 구했을 거다.
하지만 내 능력으로는 전세도 매매도 불가능했다.
2년 동안 200곳 이상 다니다 못 구해서
결국 싼 곳으로 온 게 산 밑 가평 집이다.

그러나 이게 신의 한 수였다.
은행 대출을 받을 수 있었고
비록 빚을 졌지만 집이 생겼다.
양평 시세보다 반 정도 더 넓은 집을 구할 수 있었다.

할 수 있는 일이 많아졌다.
손님이 열다섯 명 와도 널널,
갤러리로 만들어도 넉넉.

2년 전 삼성동에 부띠끄 열 때
월세를 내야 하는 게 나를 자극해서 일하게 됐는데
이번엔 은행 빚이 나를 더 열심히 일하게 만들 거다.
남들은 퇴사할 나이에 입사한 기분이다.
드라마틱한 내 인생!

———

서울을 떠난 뒤 가장 좋은 건
여유가 생겼다는 거다.
가장 먼저 공간이 여유롭다.
넓은 집과 마당은 내 마음을 쉬게 한다.

문 열고 나가면 땅을 밟을 수 있어
언제라도 내 몸은 자연과 하나가 된다.
공간이 주는 여유는
내가 깊이 숨 쉴 수 있게 한다.

시간이 여유롭다.
눈 뜨면 일어나고 해 지면 잔다.
시간에 쫓겨 살았던 도시 생활을 정리한 뒤
우리 집에는 시계를 걸지 않았다.
우리 집에서는 시계로 시간을 확인할 필요가 없다.
바깥 풍경을 보며 사계절을 느끼고
하루를 온몸으로 느낀다.

살림도 여유롭다.
돈도 그리 많이 필요하지 않다.
등 붙일 집이 있고
간소하게 먹는 습관이 몸에 배어 있으면

돈 걱정도 줄어든다.

시골에서 뭐 해 먹고 사느냐?
다들 걱정이지만
많이 먹을 필요 없고
많이 가질 필요 없고
사람들 시선이 중요하지 않은 곳에서는
일단 마음이 여유로우니
내 한 몸 먹고 사는 일에
목숨 걸지 않아도 된다.

공간이 주는
여유는

내가

깊이 숨 쉴 수
있게 한다.

○

내가 아는 허은순

허쌤은 마당 있던 오래된 주택을 고쳐 새로 집을 지은 적이 있어요. 1층은 갤러리, 2층은 게스트하우스로 그리고 맨 위층에 거주하셨죠. 1층 갤러리는 사랑방이었어요. 전시를 열면 동네 분들이 오가며 전시를 보고, 작가님들은 핑계 삼아 모여 놀았어요. 허쌤이 기획한 전시는 늘 우리에게 감동이었고, 작가들에게도 큰 감동이었어요. 그때도 허쌤은 작가들이 돌아갈 때면 작품을 싣고 왔던 트럭에 사랑을 가득 태워 보내시곤 했어요.

한 번은 2층 게스트하우스에 한국에서 해외로 입양되었던 분이 오셨어요. 허쌤은 그분이 머무는 동안 어떤 정성을 담아 보내야 하나 고민하셨죠. 어느 날 허쌤이 전화로 "지연! 빨리 와!" 하고 다급하게 부르셨어요(긴급상황 같으나 늘 별일이 아님). 가 보니 밥그릇 같은 찻그릇을 보여주시는 거예요. 모래와 거친 흙이 많이 섞여 질감은 투박한데 참 단아한 찻그릇이었어요. "이거 손으로 이렇게 감싸 쥐어 봐." 우리 둘은 찻그릇을 두 손으로 감싸 쥐고 가만히 앉아 있다가 누가 먼저랄 것도 없이 눈시울을 붉혔어요. 거친 흙이 뜨거운 불을 이겨내고 귀한 것을 담는 그릇이 되었어요. 오랫동안 어려운 시간을 잘 견뎌오고, 단단하게 성장한 그녀를 두 손으로 꼬옥 안아주고 싶은 마음을 담은 허쌤의 선물이었죠.

그랬어요. 그냥 허쌤은 늘 그랬어요. 언제나 모든 걸 아낌없이 내어주셨어요. 저는 허쌤의 요즘이 하나도 놀랍지 않아요. 원래 원래 원래 그랬다니까요. 글 잘 쓰고, 연민이 많고, 사랑이 많고 앞으로 계속 그럴 거고. 여러분들도 허쌤의 그 사랑을 알아보세요.

그림책 작가 김지연

5장

내 몸을 위한 패션

POLLONE

아직도 일을 하세요?
아직도가 아니라 이제 시작!

나도 먹고 놀면 좋겠지만 밥 먹여줄 사람 없고
8년 동안 시골 살면서 돈이란 돈은 다 까먹고
보험 들어놓은 것도 다 털어먹고
가지고 있던 물건 하나둘 팔아먹고 나니
뭐 해서 먹고 살아야 하나 막막했다.

글 쓰는 작가지만 글 써서 먹고살긴 틀렸고
더 이상 글 쓸 머리도 돌아가지 않았다.
사회생활 제대로 못한 탓에
사람들과 잘 어울릴 재주 없고
이제 와서 누가 내게 일자리를 주겠나 말이다.

그런데 유튜브를 보던
팬들이 옷을 만들어 달래서 옷을 만들기 시작했다.
마리에 부띠끄의 탄생은 그렇게 시작됐다.

살다 보면 어떤 일이 일어날지 예측할 수가 없다.
그러니까 그냥 가보는 거다.
멈추지 않고 가다 보면 사람도 만나고 길도 생긴다.

50 중반이면 은퇴를 준비할 나이.
하지만 나는 도전을 선택했다.
오랫동안 지치지 않고 할 수 있는 일.
쉬운 거 말고 재미난 거
나도 다른 사람도 행복할 수 있는 일
그리고 굶지도 않고 할 수 있는 일.
그런 일이어야 했다.

옷 만드는 일을 시작했다.
배운 적은 없지만 즐기면 잘할 수 있다.
도전은 그런 것이다.

나는 부띠끄 디렉터다.
맞춤옷을 하다 보면 가봉을 해야 할 때가 있다.
최선을 다 한다고 해서 결과가 다 좋은 건 아니다.
결과가 다 좋다면 더 노력하지 않았을지도 모른다.
때로는 가봉을 하면서 더 공을 들여본다.

가봉한 옷이 잘 나오면 행복하다.
내 옷을 입는 사람들도 행복하기를 바란다.
나는 행복한 옷을 만드는 마리에 부띠끄 디렉터다.

이 일을 지속 가능하게,
행복하게 평생 하려면 타협하지 않아야 할 것들이 생긴다.
이대로 가다 보면 반드시 알아줄 사람을 만나게 될 거다.
나는 기다리겠다.

제대로 만들면 된다

옷 만들기 시작한 지 겨우 2년.

대박칠 자신은 없지만 제대로 만들 자신은 있다.

기본은 좋은 원단, 그리고 원단과 어울리는 디자인.

안 보이는 디테일에 모든 걸 쏟아붓는다.

수백 가지 디자인 중 살아남은 건

얼마 안 될지라도

대박을 기대한 건 아니었으니

제대로 만들면 된다.

월세가 너무 비싸서
옥탑방을 작업실로 얻었다.
작업실에서 먹고 자면서
언젠가 내 꿈을 이룰 날을
기다리며 준비 한다.
새로운 일을 시작하기에
늦은 나이란 없다.
도전은 언제나 내 눈앞에 있다.
점점 어둠이 깊어졌을 때
위기를 극복하려는 절박함이
나를 도전하게 만들었다.
나를 위협하는 위기는
내 도전 앞에 무릎 꿇을 것이다.
덤벼!

나는 패알못이었다.

하지만 돈이 없었던 거지

눈이 없었던 건 아니다.

뭔가 일을 해야 했을 때

남들 하는 대로 하기 싫었다.

남들 다 하는 대로 하기 싫어서

살면서 여러 번 말아먹었다.

이번에는 말아먹지 말아야지.

모험의 끝은 알 수 없어도

문을 열고 활짝 나가봐야지.

끝까지 하면 된다.

안 되면 되는 방법을 찾으면 된다.

나는 행복한 옷을 만드는

마리에 부띠끄 디렉터다.

북창동
순두부
이팝나무
삶의 흔적 경매

서울 작업실로 가는 날.
시골집과 작업실을 오고 간 지
1년 8개월이 되었다.
집도 작업실도 불안정하다.
시골과 멀어지고 싶지 않은데
옷 만드는 일을 하면서부터
도시살이가 시작되었다.

모든 것이 처음인 것처럼
내가 이방인이 된 것처럼
낯설고 신기한 이 짜릿함!

아직도 현실을 모르는 철부지.
어디로 가야 할지 모르는 방랑자.
정답은 없는 거라고
선택하고 책임지는 과정을 지나고 또 지나고
그렇게 풀어 나가는 수밖에 없는 거라고
다른 방법은 없다고 부딪치며 알아가는 중이다.

두려움은 늘 존재한다.
맞서 싸울 자신도 능력도 없다.
그냥 하루하루 가는 거다.

생각만 하면 늘 제자리

일단 가보는 거다.

가다 보면 알게 될 날이 올 것이다.

살다 보면 상상도 못한 일이 일어난다.
옷을 만들던 내가 이제 광고 모델이라니!
오래 살고 볼 일이라니 딱 나를 두고 한 말이다.
생각해보면 계획대로 된 일은 별로 없다.
인생에는 셀 수 없이 많은 변수가 있었고
인생의 방향이 달라졌다.
갈림길에 설 때마다 선택하기가 어려워 방황했다.
실패하고 좌절했던 시간들이 나를 파괴하려 했지만
그것이 오히려 내 삶을 풍성하게 만들었다.

그러니 좀 헤매도 괜찮다.
처음부터 길을 안다면 인생이 너무 밋밋하지 않나!

가장 좋은 건 하고 싶은 일을 하고
그 일로 먹고살 수 있는 것,
그게 안 되면 내가 좋아하는 일 중에
돈 벌 수 있는 일을 하는 것.
그래야 훗날을 도모할 수 있다.

훗날을 도모하기 위해 내가 제일 잘하는 걸
뒤로하고 옷 만드는 중이다.
그건 내 경험을 공유하는 것.
나의 경험이 누군가에게는 자극이 되고 공부가 될 거다.
만나고 공유할 수 있는 아지트를 만들고 싶다.

그날을 위해 할 수 있는 일은 다 할 거다.
사실, 사람들을 만나는 건 내게 큰 용기가 필요한 일.
그냥 혼자 사부작 사부작 조용히 일하며
더 일 벌리지 않는 게 상책인데
간절히 하고 싶은 그 일은 혼자 할 수 없다.

사람과 사람이 만나 도움을 주고받아야
지속 가능한 일이다.
그날이 올 때까지 달린다.

옷의 완성은 단추다.
단추에 돈 아끼지 않는다.
화룡점정이라는 말은 단추에도 해당이 된다.
딱 어울리는 단추를
달았을 때 단추는 보석같이 아름답다.

완성된 옷이 뭔가 미흡하면
다시 만들고 또 다시 만든다.
명품 원단으로 할 땐 반드시 가봉을 한다.
가봉을 해도 잘 안될 때가 있다.
다 잘됐으면 뭐 빌딩을 올렸겠지!
지금은 손바닥만 한 작업실이지만
언젠가는 사람들과 만날 수 있는
공간이 생길 것이다.

그때까지 한 발 한 발 앞으로 나아가면
내가 나아가는 모습을 보고
누군가 힘을 얻을 것이다.
그렇기에 나는 이 걸음을
멈추지 않을 것이다.

초록 캠페인을 몇 년째 하는 중이다.
지금은 초록옷 입는 사람들이 흔히 보이지만
캠페인을 시작할 때만 해도
사람들은 초록색 옷에 쉽게 다가가지 못했다.

나는 초록옷을 만들기 위해
초록 리넨 원단을 물색했고
일본에서 수입된 원단을 모두 샀다.
세상을 초록으로 물들이겠다는 야심찬 포부였다.

나는 유튜브에 수시로
'우리의 중년을 푸르게 푸르게!'를
슬로건으로 내세웠다.
왜 초록이냐고 물으면
생명의 색이라고
다시 살아나는 색이라고
내 치유의 경험을 말해줬다.

나는 리넨 원단을 사면 꼭 빨아서 확인한다.
물 빠짐은 없는지, 변형되지 않는지
아무 이상 없는지 확인한다.
그 뒤에 다림질하고 비로소 재단한다.

귀찮고 번거롭지만, 그래야 입는 사람도 편안하고
만든 내 맘도 편하다.
많이 만들지 못하는 까닭이기도 하다.

원단을 만지면서 내 옷을 입는 사람에게
나의 사랑과 행복이 전해지길 축복하며 기도한다.

나는 '마리에 부띠끄' 디렉터다.
우리의 중년을 푸르게 푸르게.

그러니

좀

헤매도

괜찮다.

만드는 거라면 다 좋았다.
상상력이 풍부했던 탓이다.
옷도 그랬다.
멋진 원단을 보면 상상력이 시동을 걸었다.
부릉부릉!

내 옷을 입을 모델을 고용할 만큼
돈을 벌지는 못했다.
내 옷을 내가 입고 찍다 보니
모델 활동도 하게 됐다.
모델도 상상력이 필요하다.
상상력이 또 시동을 건다.
부릉부릉부릉!

내 상상력은 릴스 편집할 때 가속도가 붙는다.
아우토반을 달리다가 고공비행을 한다.
부릉부릉 쉬이이이익!

숏폼이 대세였지만 머리가 아팠고
집중력도 떨어졌다.
내 릴스를 보는 사람들에게
공허함을 남기고 싶지 않다.

내 릴스가 짧지 않은 까닭이다.

휘리릭 지나가는 릴스 홍수 속에서
나는 장편 릴스를 만든다.
이제 인친들은 나처럼 시동을 건다.
부릉부릉!
달리고 웃고 도전한다.

나의 상상력은 이들과 함께 어디까지 갈지 모른다.
끝은 알 수 없지만
이런 모험 아주 괜찮다.

괄약근 긴장하는 날

아찔한 날이 있다.

벼르고 별러서 만든 옷이 잘못 나와서

제작비 홀랑 날려 먹고

주문한 원단 대신 엉뚱한 원단이 와서

작업 일정 배배 꼬이고

우체국에 갔는데 대량 발송 줄줄이 서 있고

화장실 갈 타이밍 놓쳐

괄약근이 바짝 긴장하고

겨우 저녁 한 숟갈 입에 넣는데

차 빼달라고 전화 오고

이런 날은 운전도 아슬아슬

길도 놓치고, 신호도 놓치고, 깜빡이도 놓치고.

해는 저물고

퇴근길 막히고

집에 가는 길 포기하고 유턴하는데

바퀴 긁힐라 하고

찍어 놓은 영상도 없는데

릴스 올릴 시간 다가오고

진정하고 편집하려는데

핸드폰을 차 안에 놓고 왔네?

그래도 고고씽!

브랜딩을 어떻게 할 것인가?
1인 사업을 하는 사람들도 브랜딩에 고민이 많다.
자신이 브랜드가 되려 하는 분은
특별한 옷을 입고 싶어 한다.
'초록' 하면 나를 떠올리듯
그들만의 색깔을 드러내게 하는 일이
내가 하는 일이다.
나를 만난 사람들이 결코 나를 잊어버리지 않도록
옷을 만들어 드린다.
어떤 자리에 가도 눈길을 사로잡는 옷은
명함보다 뇌리에 남는다.

제품 개발에 최선을 다해도 마케팅은 매우 어렵다.
하지만 나를 만난 사람이
결코 나를 잊어버리지 않게 만들 수 있다면
반은 성공한 거다.
자기 관리가 철저하다는 이미지는 제품 관리에도
믿음이 가게 만든다.

내가 하는 일이나 내가 만드는 제품이
소비자로부터 더욱 신뢰를 얻을 수 있다.

내가 쉽게 할 수 있는 건
준비한 사람이 수고한 덕이다.
나 혼자 잘해서 되는 일은 없다.

많은 사람이 필요하지 않다.
적은 사람들이 모여도
큰일을 해낼 수 있다.
중요한 건 내 마음가짐.

흔들림 없이 가려면
내 마음을 먼저 내려놓고
나를 만난 사람들이 잘되도록
진심을 다한다.

진정성이 통하면 롱런할 수 있다.
나는 오늘 그 가능성을 봤다.
잘되게 해보자.
조금 더 내려놓자.

나 혼자
잘해서
되는 일은
없다.

내가 아는 허은순

허은순은 클럽하우스에서 만났다. 3년이 지났고, 자주는 못 봤지만 깊이는 충분한 친구가 됐다. 어느새 협찬사가 15개 붙는 팬 미팅까지 하는 내 자랑스러운 친구가 됐다. 허은순은 난 사람이긴 했다. 젊은 시절은 건축, 사진, 작가 손대는 것마다 잘해냈다. 그 뒤까지.
유튜브를 하라고 하라고 안 하면 직무유기라고 할 때까지 거의 2년이 걸렸음에도 포기하지 않고 채찍질 한 아드님의 노력에 경의를 표한다. 클럽하우스를 해보라고 한 것도, 러닝을 제안하고 닦달한 것. 이렇게 새로운 세계로 가이드를 준 것은 두 아들의 현명함 덕이다.
그럼에도 보통의 엄마, 아빠는 안 한다. 허은순은 자기의 다재다능이 달란트라 말했지만 나는 허은순의 달란트는 '별 생각 없음'이라 생각한다. 놀리는 게 아니라 진짜로 그 별 생각 없음이 행동하는 데 방해요소를 다 제거했고, 건축, 사진, 작가, 파이널컷 쓰는 시니어 유튜버, 1일1릴스 하는 인플루언서가 될 수 있는 힘이다.

답이다 그게.
하고 안 하고의 차이다.
누가 더 뛰어나냐 마냐의 차이가 아니다.

더뉴그레이 대표 권정현

처음이었다. 저자를 이렇게까지 사랑할 수 있구나 싶던 게. 선생님과 만난 시간은 고작 두 달 반 남짓인데 두 달을 1년만큼 밀도 높게 보냈다. 선생님이라는 사람을, 선생님의 삶 행간 행간을 더듬으며 내 생각의 겹도 두터워졌다. 이런 마음가짐을 말이 아닌 행동으로 먼저 보여주는 진짜 어른을 만났다는 게 가장 큰 행운으로 여겨졌다. 만으로 13년, 햇수로 15년을 편집자로 보내면서 수많은 사람을 만났고, 이제는 몇 마디 말만 나눠도 책 한 권을 만들며 겪게 될 앞으로의 과정이 눈에 훤히 보였다.

그런데 선생님은 그간 내가 겪지 못했던 유형이라 쉽사리 예측되지 않았다. 다가가기 어려워 보이지만 누구보다 친

근하고 빈틈이 있는 것처럼 내보이지만 자신이 해야 하는 일에 있어선 날카로웠다. 필요할 때 응축한 에너지를 뿜고, 작은 것에 연연하지 않는 강약 조절이 완벽했다. 그래서 선생님이 허술한 척 연기하실 땐 나도 농담하며 받아치지만 나는 선생님이 절대 허술하지 않은 분이라는 걸 안다. 선생님은 20대 못지않은 총기와 예민한 촉수로 자신에게 가장 엄격하면서도, 연륜이 쌓인 너그러운 품으로 타인을 보듬고 자신의 곁을 내어준다. 누구에게도 쉽지 않은 삶의 태도다.

편집자는 누군가가 이름을 걸고 쓴 글을 만지는 직업이기에 늘 조심스럽다. 책이 나와도 긴장을 늦출 수가 없다. 10년이 지난 지금도 무언가 놓치거나 실수해서 책에 사고가 나는 꿈을 종종 꾼다. 책이 독자로부터 호응을 받지 못할 때면, 실력 있고 감각 있는 편집자가 했더라면 그 책이 더 주목받지 않았을까 자책부터 하게 된다. 수없이 뜯겨 마음이 너덜너덜해져도 다시 책을 만들어야겠다 마음을 다잡는 이유는 혹시나 그래도 내가 어떤 한 권의 책만큼은 제대로 만들 수 있지 않을까 하는 일말의 미련 때문이다. 그 미련 덕에 선생님을 만날 수 있었고, 위축된 나를 지지하고 존중해 주신 선생님이 있었기에 책 만드는 즐거움을 다시 느끼게 됐다. 그럼에도 여전히 자신은 없다. 이 책이 선생님을 온전히 담아내지 못했다면 그건 전적으로 부족한 내 탓이다.

선생님은 말 한마디로 사람을 살린다. 이 책의 독자들이 선생님의 그 기운을 받아 가면 좋겠다. 언젠가는 나이 들 우리 모두가 진정한 어른으로 또 다른 누군가에게 귀감이 된다면 이 책의 역할은 충분했다고 본다. 건강한 정신이 무엇인지 선생님을 보며 많이 배웠다. 선생님 같은 어른으로 깊이 있게 나이 들고 싶다.

신인류의 탄생

늙어도 낡아지지 않는,

초판 1쇄 발행 2024년 5월 17일

지은이 | 허은순
펴낸이 | 조미현

책임편집 | 최미혜
디자인 | 기경란

펴낸곳 | (주)현암사
등록 | 1951년 12월 24일 (제 10-126호)
주소 | 04029 서울시 마포구 동교로12안길 35
전화 | 02-365-5051 · 팩스 | 02-313-2729
전자우편 | editor@hyeonamsa.com
홈페이지 | www.hyeonamsa.com

ISBN 978-89-323-9361-2 03810

책값은 뒤표지에 있습니다. 잘못된 책은 바꾸어 드립니다.